世說新語・六朝異聞

羅龍治・編撰

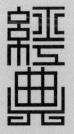

中國歷代經典寶庫

14

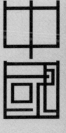

出版的話

時報文化出版的《中國歷代經典寶庫》已經陪大家走過三十多個年頭。無論是早期的紅底燙金精裝「典藏版」，還是50開大的「袖珍版」口袋書，或是25開的平裝「普及版」，都深得各層級讀者的喜愛，多年來不斷再版、複印、流傳。寶庫裡的典籍，也在時代的巨變洪流之中，擎著明燈，屹立不搖，引領莘莘學子走進經典殿堂。

這套經典寶庫能夠誕生，必須感謝許多幕後英雄。尤其是推手之一的高信疆先生，他秉持為中華文化傳承，為古代經典賦予新時代精神的使命，邀請五、六十位專家學者共同完成這套鉅作。二〇〇九年，高先生不幸辭世，今日重讀他的論述，仍讓人深深感受到他對中華文化的熱愛，以及他殷殷切切，不殫編務繁瑣而規劃的宏偉藍圖。他特別強調：

> 中國文化的基調，是傾向於人間的；是關心人生，參與人生，反映人生的。我們

的聖賢才智，歷代著述，大多圍繞著一個主題：治亂興廢與世道人心。無論是春秋戰國的諸子哲學，漢魏各家的傳經事業，韓柳歐蘇的道德文章，程朱陸王的心性義理；無論是貴族屈原的憂患獨歎，樵夫惠能的頓悟眾生；無論是先民傳唱的詩歌、戲曲，村里講談的平話、小說……等等種種，隨時都洋溢著那樣強烈的平民性格、鄉土芬芳，以及它那無所不備的人倫大愛；一種對平凡事物的尊敬，對社會家國的情懷，對蒼生萬有的期待，激盪交融，相互輝耀，繽紛燦爛的造成了中國。平易近人、博大久遠的中國。

可是，生為這一個文化傳承者的現代中國人，對於這樣一個親民愛人、胸懷天下的文明，這樣一個塑造了我們、呵護了我們幾千年的文化母體，可有多少認識？多少理解？又有多少接觸的機會，把握的可能呢？

參與這套書的編撰者多達五、六十位專家學者，大家當年都是滿懷理想與抱負的有志之士，他們努力將經典活潑化、趣味化、生活化、平民化，為的就是讓更多的青年能夠了解繽紛燦爛的中國文化。過去三十多年的歲月裡，大多數的參與者都還在文化界或學術領域發光發熱，許多學者更是當今獨當一面的俊彥。

三十年後，《中國歷代經典寶庫》也進入數位化的時代。我們重新掃描原著，針對時代需求與讀者喜好進行大幅度修訂與編排。在張水金先生的協助之下，我們就原來的六十多冊書種，精挑出最具代表性的四十種，並增編《大學中庸》和《易經》，使寶庫的體系更加完整。這四十二種經典涵蓋經史子集，並以文學與經史兩大類別和朝代為經緯編綴而成，進一步貫穿我國歷史文化發展的脈絡。在出版順序上，首先推出文學類的典籍，依序有詩詞、奇幻、小說、傳奇、戲曲等。這類文學作品相對簡單，有趣易讀，適合做為一般讀者（特別是青少年）的入門書；接著推出四書五經、諸子百家、史書、佛學等等，引導讀者進入經典殿堂。

在體例上也力求統整，尤其針對詩詞類做全新的整編。古詩詞裡有許多古代用語，需用現代語言翻譯，我們特別將原詩詞和語譯排列成上下欄，便於迅速掌握全詩的意旨；並在生難字詞旁邊加上國語注音，讓讀者在朗讀中體會古詩詞之美。目前全世界風行華語學習，為了讓經典寶庫躍上國際舞台，我們更在國語注音下面加入漢語拼音，希望有華語處，就有經典寶庫的蹤影。

《中國歷代經典寶庫》從一個構想開始，已然開花、結果。在傳承的同時，我們也順應時代潮流做了修訂與創新，讓現代與傳統永遠相互輝映。

時報出版編輯部

【導讀】

人文藝術的活動影片

羅龍治

《世說》由許多精彩的小故事所組成。這些故事分開來看，處處閃耀著生活的智慧；合起來看，便是一幅人文社會的實相。

這本書原來的名稱叫做《世說》，梁、陳時代改稱《世說新書》，唐人稱為《世說新語》，宋人稱為《晉宋奇談》，現代都通稱為《世說新語》。為了通俗起見，我把副書名稱為《六朝異聞》。

本書的原作者劉義慶，是南朝劉宋的宗室。他生平最喜歡文學。當他出任江州刺史的時期，他請袁淑、陸展、何長瑜、鮑照諸人，助他完成《世說》的著作。

在《世說》的舞臺上，出場的約有六百人。他們每個人都有他的來歷。換句話說：他們都是歷史上真實的人物，生存的時間，從漢魏到晉宋時期（西元一五〇—四二〇年），活動的空間在長江和黃河兩大流域，範圍相當遼闊。

本書五、六百條故事，可以說是漢、魏、晉、宋時期，大傳統（指上層社會）人文藝術的活動影片。劉義慶以文學家的態度，把歷史的素材，加上他的想像、渲染，來完成這本創造性的著作。在這裏，我要特別強調《世說》的文學性質。因為劉義慶創作的態度，確是傾向於「文學的」、「小說的」，而不是「歷史的」。所以，《隋書‧經籍志》把《世說》列入了「小說家」類。

從「小說」發展史的立場來說，漢、魏、晉、宋的小說，是以「鬼神」為本位的「志怪」體。但劉義慶的小說，則是以「人」為本位，有意識的去反映社會現實，刻畫人性，這一偉大的意義，便是唐人短篇小說「傳奇」的先導。

在劉義慶所創造的《世說》世界中，最值得欣賞的地方，或說是最有文學價值的地方，便是他展示了一幅人文社會的實相。在這裏，你可以看到善、可以看到惡；你可以看到真、可以看到假，這叫做「實相」。如果劉義慶所創造的世界，只有善，沒有惡，只有真，沒有假，那麼他便是一個虛構的「偽善」、「偽真」的世界。這種世界，只有教條，是絕不會有什麼生活的智慧可以提供的。

在每個人成長的過程之中，當他的智力發展到某一個階段，應當會自我提出一個問題：「道德是什麼？」那麼，諸位讀者，你曾經想過這個問題嗎？什麼樣的人，才算真正有道德？在你的生活之中，究竟是你在支配道德呢？還是道德在支配你？本書中有德行篇，有方正篇，但德行和方正篇中的主人，都是真正有道德的人嗎？桓溫讀了《高士傳》，憤怒地把它擲在地上。為什麼呢？是桓溫錯了呢？還是《高士傳》裏的人不近人情呢？

什麼樣的人，才算真正會說話？不說話的人，便是不會說話的人嗎？當兩個人在辯論，辯到後來，有一個人不說話了，那個不說話的人，一定是輸了嗎？清談名家劉惔說話如行雲流水，但是到頭來，他為什麼會特別欣賞那些不說話的人呢？莊子說：「我一輩子說了那麼多話，其實我沒有說過一句話。」這話是什麼意思？

有知識的人，一定就有做事的能力嗎？有道德的人，一定就有行政的能力嗎？文學家同時一定是道德家嗎？政治家的道德和一般人的道德是相同的嗎？傳統儒家訓練一個「君子」，要他具有四種本事：㈠德行㈡言語㈢政事㈣文學。但事實上，孔子門徒中，哪個人真正具有這四種本事呢？

儒家的理想主義，經過春秋、戰國到兩漢的實驗，在現實社會上，遭受很大的挫敗。所以漢、魏、晉、宋的知識份子，對儒家做了許多的修正和擴充。《世說》三十六篇的分類，便是說明儒學大解體後，人性落實在社會層面上，所展現的複雜的實相。

本書卷首四篇：德行、言語、政事、文學，是儒家原有的分類。卷中、卷下共有三十二篇，是劉義慶所創作的新的分類。卷中包括：方正、雅量、識鑒、賞譽、品藻、規箴、捷悟、夙慧、豪爽九篇。卷下包括：容止、自新、企羨、傷逝、棲逸、賢媛、術解、巧藝、寵禮、任誕、簡傲、排調、輕詆、假譎、黜免、儉嗇、汰侈、忿狷、讒險、尤悔、紕漏、惑溺、仇隙二十三篇（此處恕不加篇名號）。用這三十二種實相來觀察、透視社會人性的複雜，作者對於這個社會，如果不是具有無量的同情、無量的慈悲，哪會留下這樣偉大的文學傑作？

《世說》的原文，非常優美而精簡。所以，劉義慶原著《世說》八卷本傳世以後，梁朝的劉峻（孝標）第一個為他作注，以減少閱讀上的困難。後代為《世說》作箋證的學者更多了，最近香港中文大學新亞書院的楊勇教授，總結前人的箋證扎記，搜集了二百四十種以上的資料來完成《世說新語校箋》。我改寫《世說》成為通俗的白話故事，就是以楊教授的校箋做底本的。於此，特別向他致謝。

我這改寫本的《世說》，書中三十六篇的篇名，悉按原書排列，沒有什麼更動。各篇下的子題，是改寫後加上去的，原書沒有這些標題，改寫時視故事的涵義，利用各標題作提示。有些標題使用文言，那是為了保留成語的緣故。至於故事的內容，則為了通俗化、趣味化起見，把箋證中的材料大量採入。所以這本世說的改寫工作，不是白話直譯的，不可以直接用原文來對照。

請讀者好好看這本《世說》的故事吧。你會發現它蘊藏生活的智慧，社會的實相。

世說新語◆六朝異聞

目次

出版的話　03

【導讀】人文藝術的活動影片　羅龍治　07

德行篇第一　**001**

陳蕃禮重名士　001／黃憲澄之不清，擾之不濁　002／周乘有自知之明　003

難兄難弟　003／荀巨伯捨命全交　004／管寧割席絕交　004

華歆救人的機智　005／阮籍不臧否人物　006／嵇康喜怒不形於色　006

和嶠生孝、王戎死孝　006／鄧攸納錯妾　007／阮裕焚車　008

醇酒豈可罰老翁？　008／皮裡陽秋　009／劉惔臨死不諛神　010

謝安教子　010／王恭身無長物　010／孔安國送葬　011／王導拒錢百億　012

言語篇第二　**013**

邊讓顛倒衣裳　013／月中有物　014／小時了了　014／偷還拜什麼？　015

高明之君刑忠臣孝子　015／孔融推薦禰衡　016／龐統伐雷鼓　017
魏武網目太細　018／鄧艾口吃　019／李喜坦率可喜　019／向秀入洛　020
滿奮吳牛喘月　020／陸機出口成對　021／君子得瘧疾　022／新亭對泣　022
江左夷吾　023／高座不學漢語　023／菩薩度累了　024
澄公把石虎當鷗鳥　024／朱門蓬戶　025／忘情和不能忘情　025
康法暢的拂塵　026／木猶如此，人何以堪？　027／蒲柳之姿　027
未若柳絮因風起　028／齊由齊莊　028／支公養馬　029／支公好鶴　030
欲者不多，給者忘少　030／渡河焚舟　031／山陰道上　031／芝蘭生階庭　032
討厭影子的人　032

政事篇第三　**033**

文王之囿　033／陳太丘辦案　034／送犯夜人回家　034
王導善於接見賓客　035／王導行政寬簡　036／陶侃勤儉通變　036
何充處理文書　037

文學篇第四　**038**

鄭玄青出於藍　038／服虔善《春秋左氏傳》　039／鍾會論操行和才能　039

王弼少年奇才 040／王弼注《老子》 041／裴徽善解人意 041
庾敳悟性高明 041／向、郭二家注《莊子》 042／阮瞻簡易通達 042
王導的三個命題 043／殷浩讀佛經 044／阮裕精〈白馬論〉 044／揮麈劇談 045
支公擅名《莊子．逍遙遊》 045／殷浩偏精才性論 046／支公造〈即色論〉 046
支公講《維摩詰經》 047／許詢怒挫王脩 047／殷浩讀《辨空經》 048
于法開為難林法師 049／劉惔妙答 050／康僧淵名噪江南 050
殷浩疑多患少 051／殷浩挑戰林法師 051／張憑語驚四座 052
《詩經》何句最佳？ 053／劉惔擒服孫盛 053／聖人有情否？ 054
惠施妙處不傳 055／殷仲堪精研玄學論題 056／《易經》以感應為本體 056
北人學問廣博，南人簡要 057／未得牙後惠 057／深公夷然不屑 058
裴頠擅〈崇有論〉 058／王羲之披襟解帶 059／羊孚論〈齊物論〉 059
殷仲堪讀《道德經》 060／提婆講《阿毗曇經》 060／桓玄才思空竭 061
煮豆燃豆萁 061／阮籍神筆 062／左思〈三都賦〉 062／劉伶著〈酒德頌〉 063
樂廣、潘岳相得益彰 064／夏侯湛續《周詩》 064／孫楚悼亡詩 065
殷融長於筆才 065／庾敳作〈意賦〉 066／郭璞〈幽思篇〉 066
庾闡作〈揚都賦〉 067／謝安譏評模擬作賦 067／習鑿齒作《漢晉春秋》 068
五經鼓吹 069／張憑作母誄 069／陸機才多為患 070

孫綽〈遊天台山賦〉擲地金聲 070／謝安的碎銀子 071／袁宏的〈詠史詩〉 071
潘岳淺淨，陸機深蕪 072／裴啟作《語林》 072／謝萬作〈八賢論〉 072
袁宏〈北征賦〉 073／袁宏《名士傳》 074／袁宏倚馬可待 074
顧愷之作〈箏賦〉 075／殷仲文讀書不廣 075／羊孚作〈雪贊〉 075
古詩何句最佳？ 076／桓玄登樓作誄 076／桓玄酬答賀版 077

方正篇第五 078

陳元方責客人無禮 078／宗承不交曹操 079／郭淮夫妻情重 080
辛毗杖金斧執法 080／夏侯玄生死不渝 081／夏侯玄同而不雜 082
陳泰正直不屈 082／和嶠實話實說 083／諸葛靚孝誼為先 083
王武子持正不阿 084／杜預獨榻而坐 085／和嶠剛直坐專車 085
山允拒見武帝 086／向雄義不復交 086／嵇紹拒做伶人 087
陸機應對不亢不卑 088／庾敳我行我素 089／阮修無鬼論 089
王導不肯曲學阿世 090／陸玩不婚王、謝 091／諸葛家法嚴整 091
周顗兄弟情重 092／周嵩剛烈批刁協 093／何充摘奸發伏 093
顧顯談言微中 094／周顗厲折人主失言 094／周顗痛惡暴力 095
溫嶠威武不能屈 096／周顗義不偷生 096／鍾雅不避死難 097

鍾、庾一死一生 098／孔群邪正分明 099／孔坦春秋責備賢者 100
梅頤報恩有價 100／蔡謨不好女伎 101／何充外柔內剛 101
江虨《棋品》第一 102／孔坦臨終有話言 102／劉惔怒叱桓使君 103
深公晚年獨白 104／王坦之不做尚書郎 104／王述厭惡俗套 105
庾羲婉謝誄文 105／簡文難得糊塗 106／劉簡剛直 107／劉惔不近小人 107
桓溫不夠豪邁 108／桓溫直言無忌 108／羅君章清簡自足 109
韓伯憂時不憂病 109／王坦之女不嫁兵家 110／王洽責人呼盧喝雉 110
謝安不推主人 111／王洽羞題太極殿 112／王恭量力而退 112
忠孝不可假借 113／何謂「小子」？ 113

雅量篇第六 115

顧雍豁情散哀 115／嵇康不傳〈廣陵散〉 116／王戎不摘路邊李 117
王戎不懼虎吼 118／裴遐不計較私鬥 118／庾敳酒醉吐真言 119
王衍的白眼珠兒 120／王導胸懷灑落 120／阮孚好木屐 121
王丞相有床難眠 122／王羲之東床袒腹 122／羊曼真率 123
周顗聊以解嘲 123／顧和搏虱子 124／庾亮左右開弓 124
庾翼馬失前蹄 125／謝安泛海吟嘯 125／謝安作洛生詠 126

謝萬不介意 126／釋道安盛名之累 127／謝奉是奇人 128
戴逵談論琴書 128／謝安圍棋如故 129／搔不到癢處 129
劉琨以胡笳退敵 130

識鑒篇第七 **131**

橋玄品鑒曹操 131／裴潛論劉備 132／傅嘏有知人之明 132
王衍推重山濤 133／何物老嫗生寧馨兒 133／石勒讀《漢書》 134
衛玠先天不足 134／張翰見機而退 135／此人必為黑頭公 135
王玄志大其量 136／周嵩剛烈有遠見 136／王含自投死路 137
褚裒鑑賞孟嘉 137／殷浩棲遲墓地 138／桓溫逢賭必勝 139
謝安東山再起 139／郗超先公後私 139／韓伯積怨 140

賞譽篇第八 **141**

邴原雲中白鶴 141／裴楷清通，王戎簡要 142／裴楷論四大名士 142
王戎論山濤 143／阮咸萬物不能移 143／王衍風塵外人 143
裴頠清談林藪 144／山濤不讀《老》、《莊》 144／裴楷籠蓋人上 144
樂廣要言不煩 145／庾琮服寒食散 145／王玄使人忘寒暑 146

衛君談道，平子三倒 146／王導夜話忘倦 146／來來，這是你的座位 147
王逑糊塗蟲 147／劉綏灼然不群 148／徐寧海岱清士 148
賈寧為諸侯上客 148／豐年玉和荒年穀 149／王逑掇皮皆真 149
王敦可人兒 149／殷浩非以長勝人 150／劉惔胸中金玉滿堂 150
可人兒和五里霧 150／王羲之論四名士 151／王逑真率遮短 151
江惇思懷曠達 152／謝鯤折齒 152／謝安梳髮清談 152
門中久不見如此人 153／賞異不賞同 153／自知最難 154
王、何衣缽傳人 154／劉惔、簡文是〈琴賦〉中人 155／王治供養法汰 155
王坦之不使人想念 156／何充酒中智者 156／王濛可圈可點 157
江灌不言而勝人 157／劉惔醉後不胡言 157／王胡之神悟 158
天地無知 158／王凝之好酒 159／王忱自是三月柳 159

品藻篇第九 160

蔡邕定陳蕃、李膺高下 160／駑馬和駑牛 161／龐統與顧劭的優劣 161
諸葛三名士 162／王敦揮扇不停 162／謝鯤一丘一壑 163／謝尚妖冶 163
郗鑒有三個矛盾 164／第二流中的高手 164／布衣宰相可恨 165
阮裕兼四大名士之美 165／我與我周旋 166／我們都是第一流 166

殷浩撿竹馬　167／寧為管仲　167／劉惔理勝，王濛辭勝　168
桓溫不喜人學舌　168／死活人和活死人　168／嵇公要勤著腳　169
謝安人情難卻　169／吉人之辭寡　170／外人哪得知？　170／相如瀟灑　171
韓伯門庭蕭寂　172／王楨之胸有成竹　172／樝梨橘柚，各有其美　173
伊窟窟成就　173／竹林無優劣　174

規箴篇第十　175

東方朔妙計　175／京房以古喻今　176／陳元方大喪蒙錦被　176
陸凱面折孫皓　177／管輅卜卦知機　178／衞瓘裝醉吐真言　178
王衍秀才遇兵　179／拿開阿堵物　179／王澄跳窗逃走　180／元帝斷酒　180
張闓私作都門　181／庾翼想做漢高祖　182／桓溫察察為政　182
莫傾人棟梁　183／交情不終　183／逃亡不忘玉鐙　184／兄弟英才　184
看人只見半面　185／慧遠廬山講經　185／紅綿繩纏腰　186
王緒、王國寶一狼一狽　186

捷悟篇第十一　188

門上題「活」字　188／一人一口酪　189／曹娥碑絕妙好辭　189

王導機悟　190／郗嘉賓料事機先　191

夙慧篇第十二　**192**

食糜亦可　192／王宮不是何家　193／長安遠不遠？　193
既著短衣，不須夾袴　194／躁勝寒、靜勝暑　195

豪爽篇第十三　**196**

王敦鼓技捲人神魄　196／放婢妾如放鴿子　197／王敦酒後敲唾壺　197
祖約厲折阿黑　198／庾翼意氣十倍　198／桓溫怒擲《高士傳》　198
桓鎮惡嚇走瘧疾鬼　199／王胡之高唱〈九歌〉　200

容止篇第十四　**201**

捉刀人乃真英雄也　201／何晏面如傅粉　202／嵇康蕭蕭肅肅　202
王戎視日不眩　203／絕美絕醜　203／王衍手指晶瑩如玉　203
裴楷粗服亂髮皆好　204／劉伶土木形骸　204／衞玠先天不足　204
庾冰腰圍壯闊　205／看殺衞玠　205／庾亮丰采如玉　205
王恬才貌不相稱　206／杜乂神仙中人　206／桓公鬢如反猬皮　207

支道林形貌醜異　207／天際真人　208／不復似世中人　208

自新篇第十五　209

周處除三橫　209／戴淵投劍折節　210

企羨篇第十六　212

王導超拔　212／〈蘭亭集序〉比作〈金谷詩序〉　213

傷逝篇第十七　214

弔客作驢鳴　214／竹林已成夢　215／諸君不死　215／情之所鍾　216

衞玠改葬江寧　216／故物長在　217／知己只有一個　217

林法師墓木已拱　218／人琴俱亡　218

棲逸篇第十八　220

登蘇門山長嘯　220／孫登保身之道　221／孔愉自箴自誨　221

劉驎之讀史傳自娛　222／范宣生不入公門　222／戴逵不作王侯伶人　223

賢媛篇第十九 224
昭君不屑賄賂畫工 224／班婕妤不佞鬼神 225／不做好、不為惡 225
君只好色而已 226／許允婦保子有方 227／山濤妻夜窺嵇阮 227
王渾之妻相人有術 228／娃兒取水可觀 229／李重有女叫「絕」 229
周浚行獵遇奇女 230／陶侃之母賣假髮 231／我見猶憐，何況老奴！ 231
謝安有婦難纏 232／桓沖只好領家教 233／韓母不厭舊物 234
術解篇第二十 235
阮咸神解 235／荀勗吃車軸飯 236／羊公折臂 236／郭璞占葬龍耳 237
郭璞破震災 238／別酒新術 238
巧藝篇第二十一 240
陵雲臺斜而不倒 240／書賊畫魔 241／顧愷之妙畫通靈 241
顧愷之畫三根毛 242／坐隱和手談 243／顧愷之飛白畫眇目 243
謝鯤在巖穴中 244／顧愷之不點目睛 244／顧愷之畫「目送歸鴻」 245

寵禮篇第二十二 246

怕領乾薪的京兆尹 246

任誕篇第二十三 247

竹林七賢 247／阮籍居喪 248／劉伶戒酒大醉 248／劉昶飲酒無品 249
劉伶脫衣醉酒 249／阮咸大曬犢鼻褲 250／方內和方外 250
人種不可失 251／浮名不值一杯酒 251／畢卓飲酒三昧 252
長江哪能不拐彎？ 252／郡卒有餘智 252／洪喬投書沉江 253
酒徒獨白 254／張、袁活死人 254／竹癖 255／雪夜獨行舟 255
桓伊吹笛無主客 256

簡傲篇第二十四 257

自嘯自飲 257／此君不可共飲 258／嵇康打鐵 258／嵇康說你是鳳 259
王澄弄小鳥 259／王謝子弟 260／西山有爽氣 261／阿萬只顧唱歌 261
哪裡來的北佬？ 262

排調篇第二十五 263

誰是俗物？ 263／漱石枕流 264／有功勞就糟了 264／驢就是驢 265
鬼董狐 265／康僧淵山高水深 265／老賊要幹什麼？ 266／買山隱居 266
客人太差 266／張玄之缺齒不饒人 267／我曬腹中書 267
下山就成小草 268／用蠻語作詩 268／晉楚交兵 269
七尺之軀葬送在此 270／簸揚淘汰 270／羊公鶴怯場不舞 271
怎敢不拜服 271／跛腳諸葛 272／披掛入荊棘 272／布颿無恙 273
會吃甘蔗的人 273／盲人騎瞎馬 273／縮頭參軍 274／下士聞道則大笑 275

輕詆篇第二十六 276

名士是何物？ 276／元規塵汙人 276／長柄拂塵趕牛車 277／豬腦袋 278
千斤牛不如百里馬 278／何物塵垢囊？ 279／裴啟作《語林》 279
沙門不得為高士 280／韓伯肉鴨子 280／王家子弟啞啞叫 281／蠢物 281

假譎篇第二十七 282

曹操劫新娘子 282／望梅林止渴 283／防逆有術 283／夢中殺人 284

黃鬚鮮卑奴 284／羲之吐唾縱橫 285／支愍度說法救飢 285
孫綽嫁出怪女兒 286／謝安使詐教子 287

黜免篇第二十八 288

狂人何所徙？ 288／桓溫怒貶捉猿人 289／咄咄怪事 289／看人吃蒸薤 290
桓溫逼人太甚 290／殷仲文自取滅亡 291／上不著天，下不著地 291

儉嗇篇第二十九 292

和嶠計核算錢 292／王戎夜夜算錢 293／王戎鑽李核 293
王戎向女兒收回嫁妝 293／只送「王不留行」 294／庾亮吃薤留根 294
郗公家法 295

汰侈篇第三十 296

行酒斬美人 296／廁中侍婢羅列 297／人乳養的豬 297／王愷、石崇鬥富 298
王愷、石崇競牛走 298／王愷痛失神牛 299／王敦諷刺石崇 300
射箭築金溝 300

忿狷篇第三十一 301

魏武殺妓 301／王述踩雞蛋 302／鬼手莫碰人 302

讒險篇第三十二 303

王澄勁俠難容人 303／袁悅喜讀《戰國策》 304／王國寶居心叵測 304

尤悔篇第三十三 305

伯仁為我而死 305／知其末而不知其本 306／慚愧而死 307

紕漏篇第三十四 308

王敦做了土豹子 308／蔡謨誤吃彭蜞 309／床下蟻動，謂是牛鬥 309

侍中獻魚蝦 310

惑溺篇第三十五 311

荀粲殉情 311／韓壽偷香 312／雷尚書 313

仇隙篇第三十六　314
一語成讖　314／豪傑難防小人　315
附錄　原典精選　317

德行篇第一

陳蕃禮重名士

東漢大學者陳蕃，一言一行都可做為士林典範。每次他登車手把轡繩的姿態，便有澄清天下的氣概。

他出任豫章太守時，車駕剛到豫章，他立刻就說：「我要先去看看徐穉（ㄓˋ zhì）。」隨從的秘書說：「大家的意思是想請太守先看看官署，安頓一下再說。」

陳蕃道：「那怎麼行！古人禮賢都席不暇暖。徐穉是豫章名士，我要先去看他，有何不可？」

「徐穉」的故事，見《後漢書．徐穉傳》。徐穉是豫章人，超世絕俗。往年陳蕃為了禮遇他，特別在豫章設置了一付別榻。每當二人見面以後，陳蕃就叫人把那別榻懸掛起來，不准他人使用。

黃憲澄之不清，擾之不濁

郭泰到汝南去拜訪名士袁閬（ㄌㄤˇ lǎng），剛下車不久，便又回來上車走了。後來他去造訪黃憲，卻一去就住二三天，簡直是流連忘返。

有人問郭泰：「那黃憲是個牛醫的兒子，你怎麼這樣喜歡他呢？」

郭泰答道：「你們都只知道黃憲是獸醫的兒子，卻不知道那人器量廣大，澄之不清、擾之不濁。你說一個人有這樣的雅量，我能不喜歡他嗎？」

周乘有自知之明

周乘很喜歡黃憲。

周乘經常對人說：「我只要十幾天或一個月沒有看到黃憲，便覺得自己齷齪不堪，那鄙吝的老毛病又會發作了。」

難兄難弟

陳紀字元方，是太丘縣長陳實的長子。陳諶（ㄔㄣˊ chén）字季方，是陳實的少子。他們一家都是芝蘭玉樹，名望極高。

有一天，陳元方的兒子陳群，和陳季方的兒子陳忠，互相爭論父親的功德。兩人相持不下，只好請祖父陳太丘來裁斷。

陳太丘聽了他們的爭論以後，微微笑道：「元方難為兄，季方難為弟。」意思是說：兄弟都是英才，所以做哥哥不容易，做弟弟也不容易。

荀巨伯捨命全交

荀巨伯是東漢桓帝時人，生平沒有什麼建樹。

有一次，他到城中去探望朋友的病，剛好碰上胡賊來攻城，城裡的人都嚇得逃光了。那友人便對荀巨伯說：「我本來就死定了，你還是趕快走吧。」

荀巨伯說：「我是擔心你的身體才來看你的。現在你有了意外的急難，我如果逃走的話，那當初何必又千里迢迢地趕來看你呢？」

胡賊入城以後，發現城裡只有他們兩個人，十分驚訝，便說：「滿城的人都跑光了，你們兩個怎麼這樣大膽，還敢停留在這裡？」

荀巨伯說：「並不是我們特別大膽，而是我的朋友病得很重，我不忍心離開。」胡賊聽了，只好搖搖頭走了。

管寧割席絕交

管寧和華歆二人，小時候原是好朋友。

有一次，他們在園中種菜，忽然從泥中挖出了一塊金子。這時管寧依舊揮動鋤頭，把金子視同瓦塊一樣鏟開了。華歆看到了這塊金子，卻把它拾起來，遠遠地擲了出去。

後來又有一次，兩人同坐在一塊席子上讀書，門外有一輛豪華的車子經過，管寧照舊讀他的書，華歆卻忍不住跑到門外去觀看。

經過這兩次以後，管寧發現華歆不是他的朋友。於是管寧毅然把坐席割成了兩半，對華歆說：「我們還是分開來坐吧！」

華歆救人的機智

華歆和王朗一起坐船逃難。在半路上，有個陌生人苦苦哀求要上船一起避難。這時華歆已發覺不妥，便再三推托，不讓那人上船。

王朗在旁邊很看不過去，便說：「船上也還有空，就讓他上來吧！」陌生人上船以後，船繼續開行。忽然有一批水賊追來了。王朗一看，才發現到剛才自己的大意。於是他就想把陌生人攆下船去。

華歆見事機急迫，便悄悄對王朗說：「剛才我不讓那人上船，本來就懷疑他。現在你既已讓他上船，好歹也只能救他救到底。否則臨危相棄，不但後果不堪設想，在道義上恐怕也說不過去。」於是便讓陌生人繼續坐在船上，彼此相安無事。

阮籍不臧否（ㄗㄤ ㄆㄧˇ zāng pǐ）人物

晉文王常對人說：「阮籍的為人，至為謹慎。每次說話，都讓人難以測度。而且，他從來不曾批評過人家的長短。」

嵇康喜怒不形於色

嵇（ㄐㄧ jī）康本是會稽奚人，後來改姓嵇氏。嵇康娶魏武帝（曹操）的孫女，入晉以後，尤為謹慎。常和光同塵，不與人爭好惡。王戎和他交情很深。

王戎有一次對人說：「我和嵇康住了二十年，不曾看過他臉上表露喜怒之色。」

和嶠生孝、王戎死孝

王戎、和嶠（ㄐㄧㄠˋ jiào）二人都以孝著稱，他們同時遭遇大喪。結果王戎哀慟逾常，只剩鷄骨支床。和嶠則哀哀哭泣，備盡禮數。

晉武帝問劉毅：「你最近常去探望王、和兩家的喪事嗎？聽說和嶠哀苦過禮，真叫人擔心！」

劉毅答道：「和嶠辦理喪事，雖然克盡禮數，每天量米而食，元氣不損；王戎不守禮制，有時喝酒，有時看人下棋，但是形銷骨立，要扶杖才能走路。因此，依我看來，和嶠只是盡了活人應盡的禮數，王戎才是盡了為死人應盡的情誼。陛下如果要擔心的話，應該擔心王戎，而不是擔心和嶠。」

鄧攸納錯妾

永嘉之亂時，鄧攸用牛馬載負妻子一起逃難。在半路上，碰到一批強人，不但洗劫財物牛馬，而且亂砍亂殺，情況十分危急。

鄧攸便對太太說：「我弟弟不幸早死，只留下一個兒子交給我們撫養。現在牛馬都丟了，如果徒步挑著兩個孩子逃亡，恐怕大家都活不成。不如把我們自己的孩兒拋了，將來我們還會有兒子的。」太太同意了，於是鄧攸便拋棄了親生的兒子逃亡。

到得江南以後，家計粗立，生活逐漸安定。但是鄧攸夫婦始終沒有再生一個兒子，二人常相對欷歔（ㄒㄧ ㄒㄩ xī xū）不已。

於是，鄧攸只好設法納了一個妾。這個妾聰慧可愛。因此鄧攸在空閒的時候，便逗著她問父母是誰？為什麼隻身流落江南？但她一直搖頭不說。這樣不覺又過了很多年。有一天，她終於吞吞吐吐地說出了父母的名字。鄧攸一聽，像是晴天霹靂，原來這個愛妾竟是自己的外甥女。

鄧攸的為人，一向注重德業。自從知道愛妾的身世以後，悔恨終身，發誓永不蓄妾。

阮裕焚車

阮裕擁有一輛好車子。平日只要有人來借車，他沒有不答應的。

有一次，有個人要葬母親，很想借阮裕的車子，但是一直不敢開口。

事後，阮裕聽到這個消息，心中難過了老半天，便把車子燒了。

醇酒豈可罰老翁？

謝奕和謝安是兩兄弟。

謝奕做剡（ㄕㄢˋ shàn）縣令的時候，有個老翁犯法。謝奕叫人用醇酒罰他，一杯又一杯，那老翁已經大醉，謝奕還是不下令停手。

謝安那時只有七八歲，穿著青布袴（ㄎㄨˋ kù）坐在謝奕膝邊。他看那老翁已經大醉，便對謝奕道：「阿兄，這老翁可憐，怎麼可以這樣做？」

謝奕聽了，臉色才漸漸和緩，便說：「阿奴，想放了他嗎？」於是把老翁放了。

「阿奴」是六朝人親暱的稱呼，所以當時有些人的小名便喚阿奴。

皮裡陽秋

褚裒（ㄆㄡˊ póu）的性子是不喜歡多說話。謝安極欣賞他，常對人說：「褚裒儘管不說話，臉上自然具備四時之氣。」

桓彝也很喜歡褚裒，他說：「褚裒自有皮裡陽秋。」陽秋就是春秋，他的意思是說：褚裒嘴上不批評人家，內心自有褒貶。

劉惔臨死不諛神

劉惔（ㄊㄢˊ tán）做丹陽尹，臨死前只剩一口氣了，忽然聽見樓下有人敲鼓祭神，便把臉色一整，說道：「不要胡亂諂媚。」

一會兒，又有人來請求殺他的牛來祭神，看看能否挽回，劉惔答道：「我自問無愧，不必麻煩。」

謝安教子

謝安的夫人常親自教育子女。有一次，他問謝安：「怎麼從來沒看見你教育孩兒？」

謝安笑說：「我常常在教育孩兒呀！」（意指身教）

王恭身無長物

王恭從會稽回來，王忱去看他，只見王恭坐在六尺長的竹席上。王忱說：「你從浙東來，應該有很多這種竹席子，就送我一領吧！」王恭沒有說話。
王忱走時，王恭就把自己的那塊席子送給王忱。後來，王忱聽說王恭只有一領竹席，大為驚訝，便說：「我以為你有好幾領，才向你要的。」
王恭答道：「那你太不了解我了，我身邊一向就沒有值錢的東西。」

「一領」是俗語，就是「一件」的意思。

孔安國送葬

孔安國做過孝武帝的侍中，掌管唾壺，很是親信。後來，孝武帝死了，孔安國親自送葬。
那時候，孔安國已官拜太常，掌管宗廟祭祀。安國身子一向瘦弱，送葬的那天，他披上沉重的禮服，整天累得涕淚交流。旁人不明就裡，都嘆息說：「太常是真孝子。」

王導拒錢百億

王導的兒子王悅，事親至孝。有一天，王導夢見有人願意出錢一百億買王悅。王導大怒，但暗中仍替王悅祈禱。

不久，王導作一新屋，忽然在地下洞穴中挖到許多錢，拿來數一數，正是一百億。王導心知有異，便通通封藏回去，一文也不敢用。過了幾天，王悅就死了。

言語篇第二

邊讓顛倒衣裳

邊讓是陳留人，談吐非常俊逸。有一次，袁閬來做陳留太守，邊讓見了太守竟一時惶亂失序。袁閬就故意調侃說：「從前堯聘許由的時候，許由從容不迫。現在先生見了我，為什麼顛倒衣裳呢？」

邊讓答道：「太守剛到此地，賤民未霑教化，只得顛倒衣裳了！」

月中有物

徐穉九歲的時候，有一次在月下做遊戲。客人對他說：「假如月亮裡面沒有什麼東西，不是更明亮嗎？」

徐穉卻答道：「那不一定呀！你想人的眼中如果沒有瞳仁的話，會更亮嗎？」

小時了了

孔融十歲的那一年，有次追隨父親到洛陽。洛陽是東漢的都城，那時由李膺（ㄧㄥ yīng）做司隸校尉，相當於首都防衛司令。李膺望重一時，出入他家門下的不是當世才俊，便是中表親戚。

孔融來到李家門口，對守門人說：「請進去通報，我是李府君的親人。」門人通報後，把他引入了廳堂。李膺見了孔融，笑著問說：「小朋友，你是我的什麼親人？」

孔融說：「咦，從前我的先人孔老夫子和您的先人李老君有師友之親，這樣說來，我們不正是世代通家之好麼？」一賓客聽了大笑。

這時候，陳煒（ㄨㄟˇ wěi）剛從外面進來，有人就把孔融的話告訴了他。陳煒聽了，眼珠子一翻，說道：「那有什麼稀奇！小時候聰明伶俐，長大了未必就怎樣。」

孔融立刻回答道：「照您這樣說，想來您小時候一定很聰明伶俐吧！」陳煒大為尷尬（ㄍㄢ ㄍㄚˋ gān gà）。

偷還拜什麼？

孔融有兩個兒子，大的六歲、小的五歲。

有一天，孔融白天在小睡，小的兒子趁機跑到床前偷酒喝。大的看了就說：「怎麼不向爸爸拜一拜再喝？」

小的說：「既然是偷，那還拜他幹嘛！」

高明之君刑忠臣孝子

陳實曾避居陽城山中，當地有強徒殺人，縣吏以為是陳實所做，便把他收捕交給了潁川太守。

有個客人問陳實的兒子元方：「潁川太守的為人怎樣？」
元方說：「是個高明之君。」
客人又問：「尊翁為人怎樣？」
元方說：「家父是忠臣孝子。」
客人說：「豈有高明之君收捕忠臣孝子？」
元方說：「你的話太欠考慮，我不想回答。」
客人說：「駝背的人常被認為是恭敬，你究竟是答不上來，還是真的不想回答？」
元方怒道：「高宗放逐孝子孝己，尹吉甫放逐孝子伯奇，董仲舒放逐孝子符起。這三人都是高明之君，被放逐的三人，都是忠臣孝子。」客人大為慚愧，倉皇而退。

「孝己」是一個孝子的名字。

孔融推薦禰衡

孔融和禰（ㄇㄧˊ mí）衡才情相得。因此，儘管相差二十幾歲，二人仍然結為好友。

孔融年紀較大，先做官。他在曹操面前，常稱讚禰衡。曹操的為人，一向愛才，便再三催促要見禰衡一面。可是，禰衡是個閒雲野鶴，不想做官。他對於曹操的翻雲覆雨，尤為討厭，便有事沒事就諷刺曹操兩句，這使得曹操很失面子而決心要侮辱禰衡。

曹操終於設法把禰衡請了出來，然後故意用他為鼓吏。命令他在正月十五那天，大會賓客試鼓。

試鼓的那天，賓客雲集。禰衡則精神抖擻，高舉鼓槌，前趨後躡，表演了一遍〈漁陽參撾（ㄓㄨㄚ zhuā）〉，鼓聲雄壯，音節精妙，使座客無不稱奇。

於是，曹操覺得更沒有面子了。他本來想侮辱禰衡，卻反被禰衡所辱。孔融在座，看到氣氛不對，便立刻站起來說道：「禰衡是待罪之身，今天的試鼓，只是請大王赦罪，他已沒有資格輔佐『明王』！」曹操無奈，只好赦免禰衡。

「明王」的典故，見《莊子．應帝王》。

龐統伐雷鼓

司馬徽是東漢一代名士。當龐統十多歲的時候，聽到他的大名，便駕車走了二千里的路，到潁川等候他。

龐統見了司馬徽，看他正在採桑，便從車中探出頭來說道：「大丈夫處世，應當金帶紫衣，怎麼在做婦人採桑之事？」

司馬徽笑道：「請你下車吧！剛才你只知道抄捷徑，難道不怕迷路嗎？你說做人要金帶紫衣，那麼原憲、許由、巢父、伯夷、叔齊，都是一文不值嗎？」

龐統趕快賠禮，大笑道：「不叩洪鐘，不伐雷鼓，那會知道聲音的大小？」

「雷鼓」的故事，見《山海經》。相傳東海之中的流波山上，有一隻叫做「夔（ㄎㄨㄟˊ kuí）」的怪獸，形狀像牛，蒼黑色身子，只有一角、一足，能夠自由進出海水之中，吼叫的聲音好像暴雷。黃帝設計捉捕後，剝下牠的皮，作成一面軍鼓。又在雷澤中捉到雷獸，宰殺後抽出一根大骨，當作鼓槌。黃帝利用雷獸骨槌，用力敲打夔牛皮製成的軍鼓，聲響震天，遠聞五百里。

魏武綱目太細

劉楨文才高妙，曾被曹操選做太子曹丕的文學侍從。

有一次，曹操大宴群臣，酒後甚歡，便叫夫人甄（ㄓㄣ zhēn）氏出來答謝。甄氏芙蓉之姿，當世無雙，座客都不敢仰視。只有劉楨一向疎放慣了，竟在座上平視不拜。因此，劉楨後來被處以「失敬」論罪，罰他磨石頭。

曹丕即位後，有一天和劉楨閒話往事。便道：「當年你怎麼這樣大意呢？」

劉楨大笑道：「我自是不小心，但從前的陛下，網目也未免太細了些吧！」

鄧艾口吃

鄧艾有口吃的毛病，每次叫自己的名字，老是「艾艾……」不停。

晉文王知道鄧艾的毛病，有一次取笑他說：「你每次『艾艾……』不停，到底是幾個『艾』？」

鄧艾笑著說：「古人說『鳳兮鳳兮』，其實只是一個『鳳』而已。」

李喜坦率可喜

李喜是山西上黨人。少有高行，精研藝學，司馬宣王請他出來做官，李喜始終不肯。後來司馬景王東征上黨，把李喜帶了回來。

景王問說：「從前先公請你做官，你不肯，現在為什麼願意了呢？」

李喜大笑說：「宣王請我做官，是以禮款待，那我自然也以禮來進退。可是，現在你用國法套在我的脖子上，我敢不來嗎？」

向秀入洛

向秀本來和山濤是好朋友，後來和嵇康在洛陽打鐵，又和呂安到山陽種花，是一個很通達的人。但自嵇康以高蹈避世而被殺以後，他便一改作風，突然到京師應舉。

晉文王大感意外，便問說：「世人都說你有箕山之志，想退居山林，怎麼這次會下山來呢？」

向秀只好答道：「巢父、許由那些人，並不是真正的通達。我現在一點也不羡慕他們。」文王喜出望外。

滿奮吳牛喘月

滿奮的身子有怕風的毛病。有一次，他去謁見晉武帝。武帝要他坐在北窗下。北窗有一面琉璃做的屏風，看似疎疎落落，其實並不透風。

滿奮坐下以後，臉色一直陰晴不定。武帝知道了他的毛病，哈哈大笑。

滿奮只好自我解嘲說：「我好比是吳牛，見了月亮也會喘。」

原來江淮之間產水牛，故稱為吳牛。南方多暑氣，吳牛怕熱，見了月亮也以為是太陽，所以見月就喘。

陸機出口成對

陸機是吳郡大族，才思敏捷無匹。

有一次他去造訪王濟，王指著身前的幾斛羊酪說：「你江東有什麼美味可以和它相比？」

陸機信口答道：「有千里蓴（ㄔㄨㄣˊ chuén）羹，末下鹽豉。」時人歎為名對。

千里、末下都是地名。

君子得瘧疾

有個小孩的父親得了瘧疾，小孩到處去尋找寒食散。有人問說：「你父親是有德君子，怎會患瘧疾呢？」

那小孩答道：「就因為它使君子生病，所以才叫瘧疾嘛！」

民間傳說：瘧疾的鬼很小，不敢使巨人、君子生病。本篇故事則利用「瘧」與「謔」諧音來開玩笑的。

新亭對泣

東晉南渡以後，有許多移居江南的大族，在空閒的好日子，往往相邀到建康城南的新亭去野宴。當大家正坐在草地上的時候，周顗（ㄧˇ yǐ）突然嘆息道：「此地風景不錯，可惜和北方是完全不同了！」大家聽了，無不相對流淚。

那時身為丞相的王導，見大家這樣消沉，便臉色一整，站起來大聲說道：「我們應該同心戮力，匡復神州才是。怎麼甘心像這樣束手無策，作楚囚對泣呢！」

江左夷吾

永嘉之亂，北方成為胡人天下。劉琨留在北方，有意建樹功業。因此便派溫嶠（ㄐㄧㄠˋ jiào）為大使，到江南探望消息，並趁機取得晉王司馬氏的信任。

晉王聽說溫嶠渡江南來，便大會賓客接見他。眾人初見溫嶠姿貌奇醜，無不吃驚。但待大家坐定後，溫公暢談天下事，四座又無不動容。

王導見溫嶠英穎特出，便暗中深自結納。所以，溫嶠離開晉王府後，便專程返回北方。臨行，對人說：「江左已有管夷吾，天下事不必憂愁了！」

「江左夷吾」從此成為王導的代稱。

高座不學漢語

晉時，西域有一和尚高座來遊江南。王導和周顗都很喜愛他的風格。

高座不學漢語，和名士交談，往往靠傳譯。後來周顗遇害，高座對他的靈位念胡咒超度，沒有人懂得他念的是什麼咒。

有人問說：「高座和尚為什麼不學漢語？」

簡文帝答道：「藉此省去應酬的麻煩吧！」

菩薩度累了

庾亮進入佛寺，看見一座臥佛像，便嘆息道：「這個菩薩臥在路邊，大概是度眾生度累了吧！」一時傳為名言。

澄公把石虎當鷗鳥

天竺和尚佛圖澄，在永嘉時期到中國來。他說自己有一百多歲，經常不必進食而以空氣調養。據說他的肚子旁邊有個孔，平日用棉絮塞起來，晚上讀經，便把棉絮拔掉，孔中自有光照射出來。

澄公在北方見天下大亂，石勒、石虎雄桀好殺。為了拯救眾生，便往見二石，略施手段，顯現神通，使石家兄弟大為歎服，尊為「大和尚」。

高僧支道林在江南，聽說澄公在北方教化諸石，說道：「澄公把石虎當做鷗鳥」。

「鷗鳥」的故事可以見《列子．黃帝篇》。故事是說有個住在海邊的人，每天早上到海上和鷗鳥玩，鷗鳥幾千萬隻群集在他的身邊。那人的父親知道了，便對他說：「你明天去捉幾隻鷗鳥給我玩玩。」第二天，那人又到海上去，鷗鳥卻在空中飛舞而不敢下來。人有機心，鷗鳥便有戒意。澄公沒有機心，所以石虎便如鷗鳥。

朱門蓬戶

竺法深坐在簡文帝旁邊，劉惔故意問道：「和尚可是來遊朱門？」

竺答道：「你自己才把這裡看做朱門，在我卻如遊蓬戶一般」。

忘情和不能忘情

張玄之和顧敷小時候都很聰明。顧和很喜歡這兩個孫子。但私底下他認為顧敷比較聰明，所以對顧敷也比較偏愛。

在他們七歲的那年，顧和帶他們到佛寺遊玩，抬頭看見一幅「佛祖涅槃巨像」。這幅圖像中的佛弟子，有的哭泣，有的不哭泣。

顧和便試問兩個孫子：「為什麼佛弟子有的哭，有的不哭呢？」

張玄之答道：「有的弟子和佛祖比較親，所以哭了；有的比較不親，所以不哭。」

顧敷道：「不對。應當說有的能忘情，所以不哭；有的不能忘情，所以才哭。」

康法暢的拂塵

康法暢手上有一柄拂塵（ㄓㄨˇ zhǔ），屬於上品。當時清談名士，莫不希求此物。有一次，法暢去造訪庾亮。庾亮見他手上拿的拂塵，一時頗有感觸，便說道：「這柄麈尾（即拂塵）非同凡品，怎會經常在公手上？」

法暢笑道：「不動心的人，根本不會想要這柄拂塵；而貪心的人想要這柄拂塵，我也不會給，所以經常在我手上。」

木猶如此，人何以堪？

東晉曾在江南設置琅邪僑郡，金城便屬於這個琅邪郡。太和時期，桓溫北征，路過金城，看見他從前做琅邪內史時所種植的柳樹，都已長得非常粗壯了，便慨然嘆道：「樹都長得這麼大了，我呢？」說罷，手把柳條，不覺掉下淚來。

東晉時，把北方的郡名搬到南方設置，稱為「僑郡」。

蒲柳之姿

顧悅和簡文帝本是同年，但顧的頭髮早白了許多。

簡文帝問說：「你的頭髮怎麼先白了呢？」

顧悅答道：「我是蒲柳之姿，所以先白；陛下是松柏之質，所以經霜不凋。」

未若柳絮因風起

有一天，外面下著雪，謝安和家中的小兒女在閒談文學。忽然雪下得更密了。

謝安一時興起，便問道：「你們看白雪飄飄像是什麼？」

謝胡兒道：「好像把鹽拋撒在空中。」

謝道蘊說：「不如說像柳絮被風吹起來。」謝安大笑。

胡兒是謝安二哥謝據的兒子，道蘊是謝安大哥謝無奕的女兒。

齊由齊莊

孫潛、孫放小時候清秀聰慧。有一次，他們在庾亮家遊玩。庾公問孫潛：「你的字叫什麼？」

孫潛說：「字齊由。」

庾公問：「齊由是齊誰呀？」

孫潛說：「齊許由。」
庾公又問孫放：「你的字叫什麼？」
孫放說：「叫齊莊。」
庾公問：「齊莊是齊誰呀？」
孫放說：「要齊莊周。」
庾公再問：「為什麼慕莊周而不慕仲尼呢？」
孫放答道：「聖人的智慧是天生的，他的智慧太高了，所以不敢仰慕。」

支公養馬

支遁字道林，是有道高僧。
支公經常養著幾匹馬。有人問說：「和尚養馬不大相稱。」
支公答道：「世人只知愛馬，我卻愛其神。」

支公好鶴

支道林喜歡鶴。有人送他兩隻小鶴，小鶴長大了，張開翅膀想要飛，支公便把牠們的翅膀剪掉了。兩隻鶴撲撲地拍著翅膀，卻怎樣也飛不起來，便回頭看著支公，好像很懊惱的樣子。

支公看了，嘆息道：「既有衝天的本事，又哪肯作人的掌中玩物呢？」於是把鶴的翅膀養長了，便放他飛去，自此不再養鶴。

欲者不多，給者忘少

謝玄是謝奕的第三子，善於談論事理。

晉武帝任用山濤，給賜總是很少。謝安在家中和子姪燕集，便隨意問道：「武帝任山濤為三公，給賜不過斤合，這有什麼道理嗎？」

謝玄答道：「這應當是由於山公欲求不多，所以使得給賜的人也忘少了。」

「斤合」是指少的意思。「給賜」這裡指薪俸。

渡河焚舟

謝朗對庾龢（ㄏㄜˊ hé）說道：「今天晚上我們準備到府上清談闊論，你不妨先回去檢修城壘。」

庾龢豪情大發，答道：「好。如果王坦之來，我只用偏師迎他；如果韓伯來，那我只好過河拆橋，逢路塞路，決一死戰。」

山陰道上

王獻之見會稽境內多山水，便嘆道：「從山陰路上經過，山水之美，令人應接不暇。秋冬之間，尤其使人難忘。」

芝蘭生階庭

謝安經常用各種機會教育子姪。有一次，他問道：「我家子弟和別人有什麼相干，為什麼一定要把他教養成為好子弟呢？」大家一時答不上來。

謝玄答道：「這就像芝蘭玉樹，大家都想移植在自己的庭院裡。」

討厭影子的人

謝靈運喜歡戴曲蓋笠。孔淳之笑他說：「君子居心曠達，為什麼不能忘懷一頂曲蓋帽呢？」謝靈運答道：「這只怪我像是個討厭影子的人吧！」

「討厭影子的人」是莊子說的故事（《莊子外篇‧漁父篇》）。有人討厭自己的影子而越走越快，結果影子也越跟越緊。那人以為自己走得還不夠快，便發足狂奔，竟累死了。

政事篇第三

文王之囿（ㄧㄡˋ yòu）

王承做東海郡太守，有小吏偷捕郡內池中的魚，被人告發。王笑道：「從前文王的林園，和百姓共有。我池中的幾條魚，又何必太吝嗇呢！」

「文王的林園」是《孟子》裡的故事。齊宣王問孟子：「聽說從前文王的林園方七十里，真的有那麼大嗎？」孟子說：「百姓還嫌他太小哩！」宣王又問：「那麼寡人的林園不過四十方里，百姓卻認為太大，這是怎麼回事呢？」孟子道：「文王的林園，百姓去採樵、打獵都可以，所以百姓嫌它太小。現在大王的林園，百姓只要去打獵，便被處以殺人罪。這四十方里的林園，不啻成為四十方里的陷阱了。百姓嫌它太大，不是應該的嗎？」（《孟子．梁惠王下》）

陳太丘辦案

陳實做太丘縣長，有強盜劫財殺人，正趕著去處理。半路上聽說另有小民生子，棄而不養，陳實便叫屬下立刻回車去辦理棄子案件。

部屬說：「劫財殺人事大，應該先辦。」

陳實卻說：「為財殺人是常理。母子相殘，罪不可恕，必先究辦。」

送犯夜人回家

晉代的法律：禁止夜行。王承做東海太守，有小吏拘捕了一個犯夜行的人來。

王問：「你從哪裡來？」

那人答道：「剛才在老師家中讀書，不覺時間太晚了，因此犯夜。」

王承聽了，對屬吏說道：「你們都聽見了吧。如果我現在用法律辦他，只怕人家要說我鞭寧越而立威名，這不是治民之道。」立刻命小吏送那人回家。

寧越是周人，小時在鄉下耕田，後來苦心力學，終為周威王之師。

王導善於接見賓客

王導領揚州刺史，對江南士著十分拉攏。

有一次，他接見許多賓客，大家都感到很光彩。座中只有一臨海（在今浙江）賓客任顒（ㄩㄥˊ yóng）及一群胡人不大融洽。

王導剛剛小便回來，便發現這情況，於是他走到任氏賓客的身邊，使用吳語說道：「君一離開臨海到京師來做官，臨海便沒有人了。」任顒大感親切喜悅。

任氏走到胡人面前，彈指說道：「蘭闍（ㄉㄨ dū）！蘭闍！」群胡大笑，於是四座並歡。

「蘭闍」是吳地的方言，義未可解。請參考：陳寅恪論文集〈東晉南朝的吳語〉和〈述東晉王導的功業〉兩篇。（編者按：旅法學者吳其昱先生為了紀念史學大師陳寅恪，曾寫一篇〈《世說新語》所引胡語蘭闍考〉，主要論證〈政事〉篇中「蘭闍」是梵語「歡悅」的意思。）

王導行政寬簡

王導治理江南的時候，行政寬簡，晚年更不大過問政事，很多人批評他行政太寬。王導嘆息道：「人家說我糊塗，後人自當懷念我這個糊塗人。」

陶侃勤儉通變

陶侃任荊州刺史，叫人把木屑、竹頭統統要留下來，不論是多是少。官吏都感到奇怪。

有一次，雪後初晴，官署門口行人往來不便，陶公就叫人把木屑鋪在地上。

桓溫伐蜀的時候，大造戰船，利用陶公所留下的竹頭做釘子，非常利便。

這時候，大家才明白陶公勤儉通變，非常人所及。

何充處理文書

王濛、劉惔和竺法深一同造訪驃騎將軍何充。何充忙著處理文書而沒有招呼他們。王濛對何充說道：「我今天和深公一同前來造訪，就是希望何公暫時卸下俗務，大家閒談一會兒。哪曉得公竟樂此不疲，忙個不休呀！」

何充道：「我不忙這些俗事，諸公能常得空閒嗎？」四人相顧大笑。

文學篇第四

鄭玄青出於藍

鄭玄在馬融門下讀書，三年都見不到馬融一面，只由馬融高足傳授而已。有一次，馬融遇到天文學上的一個難題，百思莫得其解。有弟子建議說：「鄭玄必能通解。」馬融便召鄭玄來。鄭玄把推算的星盤一轉便解決了。

後來鄭玄學成了，辭別老師回家。在半路上，懷疑馬融會派人加害他，一時心神不安，便躲入橋下，穿著木屐站在水中。

馬融忌恨鄭玄已久，果然想藉機加害，便拿出占卜的轉盤推算鄭玄所在。馬融推算了一會兒，便對門弟子說道：「不用去追了。鄭玄現在正在土下、水上、身上依靠著木頭。這樣子看來是死定了。」於是鄭玄才得以脫身回家。

服虔善《春秋左氏傳》

鄭玄注《春秋左氏傳》，尚未完成。後來在客棧偶然遇到服虔，雙方傾談良久。鄭玄見服虔的看法大致和自己相合，便把自己寫下的注統統送給服虔，於是後代便流行《左傳》服氏注。

鍾會論操行和才能

鍾會看見漢、魏以來，「政府拔舉人才，究竟操行重要？還是才能重要？」的問題，一直被爭論不休，便寫了一篇〈四本論〉，討論才性問題。

鍾會的論文完成後，很希望嵇康看看。便把論文放在懷中，去找嵇康。

到了嵇康家門口，轉念一想：「如果嵇康出口為難自己，自己又辯他不過，怎麼辦？」於是索性把論文遠遠的擲入嵇康家中，便一溜煙似的跑了。

王弼少年奇才

何晏做吏部尚書的時候，名望很高，談客盈門。

王弼還不到二十歲，有一次他往見何晏。何晏聽說王弼來了，鞋子都來不及穿好，便很高興地到門外去迎接他。

坐定以後，何晏便把往日所注《易經》和《老子》中，最精采的幾條拿給王弼看，並問說：「這幾條注，我認為是極高明的了，你看還能夠找到漏洞嗎？」

王弼看了看，便一條一條的加以駁難，於是四座無不認為何晏理屈。

王弼把何晏難倒以後，又另外提出一些問題，自立自破，如貓戲老鼠一般，大家無不歎服。

王弼注《老子》

何晏注《老子》，書成之後，往見王弼。王弼把自己注的《老子》也拿給何晏看。何晏見王弼所注的《老子》十分精奇，便五體投地嘆道：「像你這樣的人，才夠格談論天人之際的問題了。」

裴徽善解人意

傅嘏（ㄍㄨˇ gǔ）善談名理，荀粲好談玄學，兩家宗旨本來可以相通的，可是倉促之間，兩人往往爭持不下。

這時候裴徽如果在場的話，便會善解兩家之意，溝通彼此的情懷，使大家無不歡暢。

庾敳悟性高明

庾敳（ㄞˊ aí）恢廓有度量，自稱是老莊之徒。他第一次讀《莊子》的時候，開卷一尺，便把它捲了回去。對人說：「從前還沒讀過《莊子》，我便認為我心中所想的道理是對的。現在讀《莊子》，才發現果然彼此暗合。」

向、郭二家注《莊子》

魏晉時，注《莊子》的人很多。其中以向秀的注最為特出。但向秀注《莊子》，其中〈秋水〉、〈至樂〉兩篇還沒完成就去世了。向秀的兒子年幼，無法整理，於是文稿散落。不過，向秀另藏有別本，只是世上無人知道罷了。

郭象和向秀是同時代的人，才高而操行不好。郭見向秀《莊子注》尚未傳世，便竊為己有，另自注〈秋水〉、〈至樂〉兩篇，使全書完備。

郭象的《莊子注》問世以後，向秀的別本《莊子注》也被發現了。因此，後代雖有向、郭兩家的《莊子》注本，其內容幾乎是一樣的。

阮瞻簡易通達

阮瞻的為人通達而不嚕嗦。

司徒王戎有一次問他說：「聖人講名教，老莊講自然。他們的宗旨相同不相同呢？」阮瞻就非常簡單的回答說：「將無同。」（只怕是相同的吧！）王戎聽了，嘆息良久，認為阮瞻的回答簡單而又精彩極了。於是王戎就拔舉阮瞻做官。

阮瞻憑三個字的回答就做了官，衞玠很不服氣，就譏笑他說：「其實一個字也可以回答得了，又何必假借三個字。」

阮瞻答道：「如果是天下人所仰望，就是不說話也照樣可以被拔舉，又何必假借一個字？」衞玠大為服氣，才知阮瞻不是徒有虛名，而王戎拔選人才也是頗有標準的。

從此，阮瞻和衞玠就成了好朋友。

王導的三個命題

從前，世人都說：王導到江南以後，只談「聲無哀樂」、「養生」、「言盡意」三個命題而已。

其實，這三個命題互相關連，無所不入。「聲無哀樂」是講聲音本身沒有絕對的哀樂。「養生」是講順自然而保養，不是人為的「益生延年」。「言盡意」是講語言、文字只是用來表達意象而已，意象既得，語言、文字便可捨去。

殷浩讀佛經

殷浩讀佛經，說道：「理應該就在這上面。」

「阿堵（ㄚ ㄉㄟˇ ā děi）」是魏晉俚語，意思是「這個」。所以殷浩說：「理應在阿堵上。」

阮裕精〈白馬論〉

謝安少年時，請阮裕講解〈白馬論〉。阮裕的講述十分透徹，謝安仍不能理解。因此，阮裕歎息道：「不但能解析〈白馬論〉的人不可得，就是能聽懂〈白馬論〉的人也不可得啊。」

〈白馬論〉就是公孫龍的「白馬非馬」理論。

揮麈劇談

孫盛和殷浩都善於談論析理，名噪一時。

有一次，雙方劇談相抗，都忘了進食。談到精采處，兩人連連揮動麈尾，麈尾脫落，布滿飯菜上。僕人看了，搖頭不已。

「劇談」是魏晉俚語，指苦相論難，有「尖酸刻薄」的意味。

支公擅名《莊子‧逍遙遊》

魏晉時代的名士，常喜歡討論《莊子‧逍遙遊》，可是無人能超出向秀、郭象之外。只有支道林在白馬寺所談〈逍遙遊〉，能標新義於向、郭二賢之外。因此，支公以《莊子‧逍遙遊》擅名一時。

殷浩偏精才性論

殷浩對於才性論——操行和才能問題鑽研最精。如果有人和他辯論這個問題，殷浩便防守嚴密，如湯池鐵城，無懈可擊。

支公造〈即色論〉

支道林寫〈即色論〉，完成之後，拿給王坦之看。

王坦之看了〈即色論〉，一句話也不說。支公道：「怎麼？你想默默地記下來嗎？」王坦之答道：「這裡既沒有文殊師利在，誰又知道我在幹什麼？」

文殊師利的故事，見《維摩詰經》。文殊問維摩詰說：「什麼是入菩薩境的不二法門？」維摩詰一句話也不說。文殊嘆息道：「這真是入菩薩境的不二法門哪！」所以，王坦之不說一句話，即表示〈即色論〉寫得很好，是入道的不二法門。

支公講《維摩詰經》

支道林講佛經，圓通無礙。晚年在山陰講《維摩詰經》，由支公主講，許詢論難。

支公每立一義，眾人都認為許詢無法難倒；而許詢每設一難，眾人也認為支公無法攻破。結果雙方一來一往，源源不絕，聽眾無不眉飛色舞。

支公講完以後，眾人都認為自己通了。但互相論難一下，便自亂了起來。

支公的弟子，聽講多年，雖然也傳承了支公經義，但事實上不能盡得。

許詢怒挫王脩

許詢年少時，有人拿他比做王脩，許詢心中大為不平。

有一回，許多名士和支道林都在會稽西寺講談。那次集會，王脩也在座。

許詢既心懷不平，便趁機往西寺找王脩較量。許詢先執一理，由王脩提出詰難，結果王脩不敵。接著雙方又倒過來，許詢執王脩之理，王脩執許詢之理相詰難，最後王脩仍然不敵而敗陣。

許詢挫敗王脩後，便問支公道：「弟子剛才的論難怎麼樣？」

支法師道：「好是好，但何必苦苦詰難到底，一心一意想挫敗對方呢？這不是析理論難所必須的吧！」

殷浩讀《辨空經》

殷浩精研小品《辨空經》，親自標下二百個籤條，每一條都是精微難解的問題。殷深慕支道林法師的大名，便派人去迎林法師，想用這些難題困倒他。

林法師（即支道林）見了殷浩派來的使者，便欣然準備前往。

那時王右軍（羲之）正在座，對林法師說：「殷浩胸中淵博，析理明捷，不易為敵。況且他殫精竭慮所不能通解的問題，必是相當難解的教理，上人去了，未必便能立刻回答。擒服了殷浩，也不能增加上人的名望。若雙方不契合，十年清名便為所累，不如罷了！」

林法師便打消了前往的念頭。

于法開為難林法師

于法開才辯縱橫，曾和支道林爭論「色」、「空」問題。後來林法師名望愈著，法開愈是不滿。

法開寄跡剡縣山中。有一次，林法師在會稽山陰講小品，法開便派遣弟子法威路過山陰，向林法師挑戰。

法開對弟子說：「道林正在講小品，當你到達的時候，我估計你的行程，他正好講到某某品。」然後，法開便把某某品根本無法通解的幾十條問題提示給法威，要他到時提出來當場為難林法師。

法威到山陰以後，林法師果然正在講某某品。於是法威先布陳來意，說明于法開的付託，然後向林法師攻難。爭到後來，林法師已居下風，便厲聲喝道：「于法開如果有本事，又何必把這些問題交給你來難我！」

劉惔妙答

殷浩問：「自然的運轉是無心的，可是這世上為什麼偏是好人少，壞人多呢？」大家一時不能回答。

劉惔答道：「這就好像水滴在地上，偏就是沒有合乎規矩的。」一時四座為之絕倒。

康僧淵名噪江南

康僧淵通大小品《般若》（ㄅㄛ ㄖㄜˇ bō rě），就是《放光般若》和《道行般若》。晉時和康法暢、支愍度一同渡江。

康初到江南，常在街市乞食素齋過活，沒有什麼人認識他。

有一次，正值盛夏，康僧淵路過殷浩家。殷浩先前既精研佛經小品《般若》，便以佛經中的難題相叩問，後來又和康辯論僧侶無情、有情之義。

自始至終，康不為所屈。於是殷浩大為歎服，便四處為康揄揚，使康僧淵在江南一夕成名。

殷浩疑多患少

殷浩兵敗被廢為庶人以後，住在東陽。由於宦場失意，便開始閱讀佛經。殷浩初讀《維摩詰經》，便疑《般若波羅密》太多；後來讀小品《般若》，又恨太少。

殷浩挑戰林法師

支道林、殷浩有一次和簡文帝同座。簡文道：「二君不妨試一交鋒。但才性問題，殷君自是有恃無恐，請林法師要特別小心。」

雙方一開始交談，林法師就設法遠揚，避開殷的圈套。但幾次折衝以後，林法師仍不知不覺墮入殷浩彀（ㄍㄡˋ gòu）中，於是簡文拍著林法師的肩膀笑道：「才性問題，殷君防守如崤函之固，自是難以相抗！」

張憑語驚四座

張憑負才氣，被郡守拔舉為孝廉。當他離家赴京師的時候，曾誇口說這一去必和時賢分庭抗禮，同伴都笑他不自量力。

張憑到京師，先造訪清談名家劉惔。劉惔正在家中洗衣打雜，便叫張暫坐角落，未多交談。

一會兒，王濛等許多名士都來了。張憑偶在座中發言，情愫相通，一時語驚四座。於是劉惔乃請張憑上座，彼此暢談，並留宿到天明。

第二天，張憑告辭，劉惔和他約定：「請暫回船上，我另有安排。」張憑回到船上，同伴問他昨夜睡在何處？張只是笑而不答。

不久，劉惔派來使者，在岸上大呼：「張孝廉的船在哪裡？」張的同伴無不驚訝。

於是，劉惔便陪同張憑去謁見簡文帝，並推介張為太常博士。簡文一見張憑，只交談幾句，便嘆息說：「張憑勃窣為理窟！」意思是說張雖然姿貌短小，但辭理豐贍。

「勃窣」是吳地的方言，指體貌短小的意思。

《詩經》何句最佳？

謝安在家中小集，問子弟說：「《詩經》哪一句最好？」謝玄答道：「昔我往矣，楊柳依依；今我來思，雨雪霏霏。」謝安卻說道：「『訏（ㄒㄩ xū）謨定命，遠猷辰告』，這句最有雅人情致。」

「昔我往矣」四句，是《詩經．小雅．采薇》的句子。這篇是說周公東征的感觸。他說：多年以前，當我離京東征的時候，路上正是柳絲拂人，令人留戀的春天；現在我回來的時候，路上卻是雨雪滿路的冬天了。

謝安所引的「訏謨定命」二句，是《詩經．大雅．抑》的句子，這是寫大政治家的遠慮：在每年春日正月的時候，把邦國的大計，按時布告天下百姓。

劉惔擒服孫盛

殷浩、孫盛、王濛、謝尚等清談名士，會集在會稽王府。殷浩和孫盛首先開始交談

《易經》，孫越談越得意，便說：「只要道理契合，便覺意氣干雲。」但是四座都不同意孫盛所談的《易》理，卻又不能制服他。

這時，會稽王嘆息道：「假使劉惔在這裡，一定有辦法把他制服。」於是立刻派人迎接劉惔來。孫盛心裡有數，自己確是不及劉惔。

一會兒，劉惔來到。坐定以後，便請孫盛把他剛才所執的《易》理再敘一遍。孫既心虛，所陳述的《易》理，遂遠不及剛才的氣勢。劉惔聽完以後，便立刻抓住漏洞，加以詰難，孫盛不能不服。於是大家撫掌大笑，無不盡歡。

聖人有情否？

僧意在瓦官寺和王脩論理。

僧意先請王脩提出他所執的理，然後開始詰難。

僧意問王脩：「聖人有情？無情？」

王說：「聖人無情。」

僧意再問：「聖人無情的話，那麼聖人像柱子一樣嗎？」

王說：「譬如像籌碼一樣，籌碼雖無情，操作它的卻有情。」

僧意說：「這樣說來，什麼操作聖人呢？」王脩不能答。

惠施妙處不傳

會稽王司道子有一次問謝玄：「惠施學術淵博，他的書可以裝滿五輛大車子，可是為什麼沒有一句話契合玄理，可以拿來清談的呢？」

謝玄答道：「這應當是惠施精妙的地方，後世不傳吧！」

惠施的故事，見《莊子・天下篇》。惠施所談的理，是名家名學上的理，和《易經》、《老子》、《莊子》都不同，卻與公孫龍接近。譬如惠施說：卵有毛、雞三足、馬有卵、犬可為羊、火不熱、目不見、龜長於蛇、白狗黑等等，這些道理和公孫龍的白馬非馬、堅白論等都是名學上的問題。清談家以其難懂，便很少人能通惠施、公孫龍的名學。

殷仲堪精研玄學論題

殷仲堪精研玄學上的各種論題，有人說他無不研究。殷卻嘆息著說：「假使我能通解『才性四本論』，那我能談的玄理還不止這樣哩！」

「才性四本論」就是討論才性的四個命題：㈠才性同㈡才性異㈢才性離㈣才性合。這四個命題，魏晉名士各擅勝場，譬如傅嘏論同、李豐論異、鍾會論合、王廣論離，都是一時之選。但對於才性四本論最精的是殷浩，支道林曾墮入他的圈套。阮裕、殷仲堪諸人，論難甚精，但都不通才性四本論，並引以為恥，可見四本論甚難。

《易經》以感應為本體

殷仲堪問慧遠法師：「《易經》以什麼為本體？」

遠法師答：「《易經》以感應為本體。」

殷再問：「那麼，銅山西崩、靈鐘東應，這便是《易經》上感應的道理嗎？」遠法師笑而不答。

「銅山西崩、靈鐘東應」是《漢書．東方朔傳》的故事。古人認為銅是山中的產物，所以說銅是山之子，山是銅之母。子母相感應，所以山崩之前，鐘往往有感應而先鳴。漢代未央宮殿前鐘，無故自鳴。三日後，南郡太守上書說山崩二十多里。

北人學問廣博，南人簡要

褚裒對孫盛說：「北人（指黃河之北）學問廣博；南人（指黃河之南）學問簡要。」

支道林在旁邊聽了，便詮釋褚裒的話說：「聖賢是不必說了。從中人的資質以下，北人讀書，如在廣闊處看月亮，博而不精；南人看書，如在門窗中看太陽，精而不廣。」

未得牙後惠

康伯是殷浩外甥，年少聰慧，殷浩很偏愛他。

有一次。殷對人說：「康伯未得我牙後惠」，意思是說：「康伯還沒得到我的揄揚。」憐惜之意，溢於言外。康伯後來果然成為一代名流。

深公夷然不屑

有一個來自江北的和尚，和支道林相遇於金陵城內的瓦官寺。這和尚很喜歡玄理，便與支公講論小品《般若》，當時竺法深、孫綽都在座。

支公面對詰難挑戰，總是從容答辯，不疾不徐。對方遂居下風，只是仍然游辭不已。孫綽看在眼裡，便問深公說：「上人也常是下風家，但為什麼向來都不說話呢？」深公微微一笑，並不回答。

支公笑道：「白檀木如果不是香氣濃郁的話，逆風的時候怎麼還聞得到呢？」

深公聽了林法師的話，還是夷然不動，一句話也沒有說。

裴頠擅〈崇有論〉

裴頠（ㄨㄟˇ wěi）著〈崇有論〉，辭理淵博。他想借此矯正當時人崇尚虛無的弊病。許多崇尚虛無的人都來向他論難挑戰，但是，無人能使他屈服。

後來，王衍和樂廣曾來向裴頠領教，雙方差可匹敵。但別人拿王、樂之理來難裴頠，裴頠又占上風。

王羲之披襟解帶

王羲之初任會稽太守，支道林正在剡縣。

孫綽對王羲之說：「林法師領悟拔俗，襟懷自清，你想見他嗎？」羲之意氣自負，沒有把林法師放在心中。

後來，孫綽邀請林法師一同造訪羲之，羲之仍是十分矜持，不與林法師多交談。

過了一會兒，羲之才道：「《逍遙篇》可以說來聽聽嗎？」林法師便一口氣作數千字，辭藻豐蔚，如奇花映發。至此，羲之大為歎服，不覺為之披襟解帶，流連不能自已。

羊孚論〈齊物論〉

羊孚善談理義，有一次和殷仲堪論《莊子．齊物論》。殷設法難他，羊孚道：「我們討論四回合（主客各執一正一反之理一次為一回合，魏晉俚語稱做一番）以後，應當會得到相同結論。」殷笑道：「只要能盡〈齊物論〉之義，結論又何必相同呢？」等到四回合之後，折回來一通解，雙方結論果然相同。

至此，殷道：「我再也提不出另外和你不同的道理了！」便大為歎服羊孚為新秀。

殷仲堪讀《道德經》

殷仲堪常以《道德經》自隨，對人說：「三天不看《道德經》，便覺舌根牽強，語言無味。」

提婆講《阿毗曇經》

東亭侯王珣崇信佛教，建立許多精舍。

有一次，西域高僧提婆到中國來，王珣便請他到精舍講《阿毗曇經》（毗，音ㄆㄧˊ pí）。

提婆開講沒多久，王僧珍便說：「我已懂了。」便跑到別的精舍去親自主講。

提婆講完以後，王珣問法綱和尚：「弟子都還不了解《阿毗曇經》，王僧珍怎麼都了解了呢？他了解的程度到底怎麼樣？」

法綱答道：「大綱要義不差，精妙之處自是有待研究了。」

桓玄才思空竭

桓玄和殷仲堪共談玄理，每互相攻難，一年之後，只是來往了一二回合。桓玄不能取勝，便嘆息說：「我最近才思空竭，自覺不如從前多了！」

殷便取笑道：「這不是你退步了，而是你想偷閒、偷懶的緣故吧！」

煮豆燃豆萁

曹丕和曹植兩兄弟，才思都很敏捷，但曹操偏愛曹植，常想廢曹丕而立植為太子。這使得曹丕、曹植之間，鬧得十分不歡。

後來曹丕即位，就是魏文帝。魏文帝對曹植多方欺侮。有一次，他迫曹植七步之內完成一首詩，如果不能完成便處死。

曹植不假思索，應聲吟道：「煮豆燃豆萁（ㄑㄧˊ　qí），豆在釜中泣。本自同根生，相煎何太急！」魏文帝一聽，慚愧不已。

曹植的詩不是這樣淺，本文從俗改寫，原詩如下：「煮豆持作羹，漉菽以為汁。萁在釜下燃，豆在釜中泣。本自同根生，相煎何太急！」

阮籍神筆

魏朝封司馬昭為公，昭再三辭讓，不肯接受。司徒鄭沖便派人請阮籍寫一篇勸進文。那時阮籍正住在袁準家，當他被扶起來的時候，臉上還帶著昨晚的醉意。鄭沖的使者說明來意以後，阮籍便帶醉落筆直書，文不加點，立刻交付使者。時人稱之為神筆。

左思〈三都賦〉

左思的〈三都賦〉剛完成時，受到當時許多文士的譏評，這使得左思心中很不痛快。後來左思把〈三都賦〉出示給張華看，張華說：「你的〈三都賦〉可與班固的〈兩都賦〉、張衡的〈二京賦〉鼎足而三。可惜你還沒有成名，文章也不會受人重視。你應該另請高名之士為你品題，才能增高身價。」於是左思便去造訪西州高士皇甫謐（ㄇㄧˋ mì），請求代為揄揚。

皇甫謐看了〈三都賦〉以後，大為歎賞，親自替他作序。於是從前譏評〈三都賦〉的人也都對左思五體投地了。

劉伶著〈酒德頌〉

劉伶處天地之間，自由放蕩，常認為天地太狹窄。

有一次，他走在路上被人誤會，那人拔拳要揍他，劉伶一看風頭不對，趕緊叫道：「雞肋豈足以擋尊拳。」那人看劉伶一身排骨模樣，知他確實挨不起拳頭，便悻悻然走了。

劉伶最大的偏愛是酒。他出外漫遊，身邊必有一壺酒。人家以文章顯名，他卻不曾措意。終其一生，只有一篇〈酒德頌〉自認為是意氣所寄而已。

樂廣、潘岳相得益彰

樂廣善於清談，而不善於寫作。有一次，他要辭去河南尹，便請潘岳代寫辭呈表。潘岳說：「代寫是可以，但必須合你心意才行。」於是樂廣自述大綱，潘岳代為綜理，文筆清綺。時人都說：「樂、潘枝葉相襯，兩得其美。」

夏侯湛續《周詩》

《周詩．小雅》（《詩經．小雅》）中的〈南陔（ㄍㄞ gāi）〉、〈白華〉、〈華黍〉、〈由庚〉、〈崇丘〉、〈由儀〉六篇，只保存了篇名而內容則早已亡失。

夏侯湛把這六篇詩續補完成後，出示給潘岳看。潘岳稱讚道：「這六篇詩文不只溫厚典雅，而且孝悌之情，溢於言外。」於是，潘岳便另作家風詩，上述祖宗恩德，下戒後代子孫。

孫楚悼亡詩

孫楚在他的妻子死去一年之後，除去了喪服，並寫了一首悼亡詩（〈除婦服詩〉），拿給王武子看。

王武子看了又看，嘆息道：「真不知道是詩文發自感情？還是感情發自詩文？讀來迷離沉痛，愈使我感到夫妻情重。」

殷融長於筆才

江南殷融、殷浩叔侄都善於析理，但一訥一辯。

殷融的姪兒殷浩長於口才，常劇談不休。殷融和殷浩清談，融常居下風。這時候殷融往往就會說：「你還是回家去看看我所寫的論著吧！」

庾敳作〈意賦〉

庾敳作〈意賦〉，完成後，出示給姪兒庾亮看。庾亮道：「叔叔的賦，如果說是有意嘛，賦裡又沒有完全表現出來；如果說是無意嘛，那還作什麼賦？」

庾敳笑道：「我的賦就在有意無意之間。」

郭璞〈幽思篇〉

郭璞姿貌不揚，又不喜修飾，而且經常縱情任性，吃飯常是過飽，喝酒常是大醉。有人勸他說：「你這樣恐怕會把身體弄壞哦。」

郭璞卻說：「上天所給我的太好了，哪裡弄得壞？」

郭璞學問博而奇，文藻富贍（ㄕㄢˋ shàn）。他寫的〈幽思篇〉，其中兩句「林無靜樹，川無停流」，阮孚歎賞不已。

阮孚說：「真是蕭瑟高深，不可言傳。好比是極目一望，便覺形神無限超越。」

庾闡作〈揚都賦〉

庾闡的〈揚都賦〉，有句頌揚溫嶠和庾亮的話說：

溫挺義之標，庾作民之望。
方響則金聲，比德則玉亮。

庾亮把賦拿來一看，看到「比德則玉亮」，認為和自己的名字犯沖，不妥。便把「亮」改為「潤」，又把「望」改為「雋」（ㄐㄩㄢˋ juàn）。

世傳《揚都賦》，據說是庾亮如此改過的。

謝安譏評模擬作賦

庾闡的《揚都賦》呈給庾亮看的時候，亮以同族之情，為幼輩延譽。於是向人宣揚道：「此賦可三二京，四三都。」意思是說：這篇賦可與班固的《兩都賦》、張衡的《二京賦》鼎足而三，也可以合班、張及左思的《三都賦》並駕為四。

庾公望重一時，經此揄揚，於是京城附近，人人爭著抄寫，紙為之貴。謝安知道以後，認為此風不可長，便說：「不要這樣。這種賦，簡直是屋上架屋，床上架床，有何名貴？子弟事事模擬而不創造，未免越來越淺陋無知！」

習鑿齒作《漢晉春秋》

習鑿齒識見不凡，桓溫很器重他。當桓溫任荊州刺史的時候，便特別拔用習鑿齒，一年之中升遷了三次。

那時簡文帝在位，簡文是桓溫所立。桓溫數次北伐，朝廷都不支持。因此他想取代簡文，另創大業。

桓溫派習鑿齒返金陵探望簡文帝，想借習的判斷而作定奪。不想習並不同意桓溫的野心，他對簡文的印象很好，便向桓溫說：「我一生沒有見過這樣的人。」於是桓溫大怒，把他貶了出去。

習鑿齒被貶以後，不久便得病。但在病中仍寫作《漢晉春秋》，堅持他的看法。

五經鼓吹

左思的《三都賦》和張衡的《兩京賦》，很受當時人的重視。孫綽便說：「《三都賦》、《二京賦》是五經鼓吹。」意思是說，這五篇賦都是經典的羽翼。

張憑作母誄（ㄌㄟˇ lěi）

有一次，謝安問陸退：「張憑為什麼只作母誄而不作父誄？」陸退答道：「男人的美德，已表現在事業操行之中，早為世人所知；但婦人的美德，只表現在家庭瑣事之中，不靠誄文，何以傳世？」

陸退是張憑的女婿。

陸機才多為患

潘岳的文章清綺無比，文字洗鍊。陸機的文章雖然也華美豐蔚，但稍嫌堆砌。

因此，孫綽曾經評潘、陸二家的文章說：「潘文如錦繡，沒有一處不好；陸文卻要沙中揀金才行。」

張華很賞識陸機，他說：「人家作文，常患無才，陸機作文，簡直是才太多了！」

孫綽〈遊天台山賦〉擲地金聲

孫綽作〈遊天台山賦〉，拿給范啟看。孫綽自誇說：「你試把我的賦擲在地上，它會發出金石聲！」

范啟見孫綽太自負，便說：「你的金石聲，恐怕未必就美妙吧！」

但范啟後來讀了〈遊天台山賦〉，竟然讚美不已。

「赤城霞起而建標，瀑布飛流而界道」便是〈遊天台山賦〉中的名句。

謝安的碎銀子

謝安為簡文帝立謚號。他提出議論說：「按照謚法：『一德不懈曰簡，道德博聞曰文』，追懷先帝的美德，與此相彷彿，應上謚號稱簡文。」

桓溫看了，心中十分不平，便把它擲給其他座客，說：「你們看吧，這便是謝公的碎銀子」。意思是說：謝安所立謚號，完全是溢美不實，因此這無異是謝安自貶身價。

袁宏的〈詠史詩〉

袁宏小時候，家裡很窮。曾經替人幫傭，運載租米。

有一個秋天的晚上，袁宏運載租米，路過當塗縣的采石磯，剛好鎮西將軍謝尚也穿著便服，在此泛舟。謝尚在月下聽到運租米的船上有人吟詩，情致高雅，便派人去探問。原來是袁宏在歌唱自己所作的〈詠史詩〉。

謝尚把袁宏邀過船來，暢談到東方發白。此後，袁宏便聲望日隆。

潘岳淺淨，陸機深蕪

孫綽評潘岳、陸機的文章說：「潘文淺而利落，陸文深而蕪雜。」

裴啟作《語林》

裴啟少有風姿才氣，喜歡討論古今人物。他所作的《語林》，問世的時候，大為遠近所傳頌。當時的名流和少年才子，莫不競相傳抄，各藏一本。《語林》中所載王珣所寫的〈經酒壚下賦〉，才情尤為特出。

謝萬作〈八賢論〉

謝萬作〈八賢論〉，以漁父、屈原、司馬季主、賈誼、楚老、龔勝、孫登、嵇康為八賢。然後他判斷這八賢優劣的標準是：凡是不做官的處士便判為優，做官的便判為劣。

孫綽對謝萬的分判大為不滿，便批評謝萬說：「這樣的論斷只怕太浮淺了。應該不管他做不做官，只要能體會玄理，見識高遠的便判為優才是。」

謝萬很不服氣，便拿給顧夷看。顧夷看了，也只好搖搖頭說：「我也作過〈八賢論〉，我想你大概都忘了吧！」

袁宏〈北征賦〉

桓溫命袁宏作〈北征賦〉，賦成，桓公和當時名流都歎賞不已。

王珣看了卻說：「可惜少了一句。要是能夠加上一句，以『寫』（音義同瀉字）字為韻腳，那就更好了。」

袁宏立刻拿筆加了一句「感不絕於余心，溯（ㄙㄨˋ sù）流風而獨寫。」

桓公一看，笑道：「當今作賦，又快又好的，恐怕不得不推袁宏為第一了。」

〈北征賦〉中，「恐尼父之慟泣，似實慟而非假。豈一物之足傷，實致傷於天下。感不絕於余心，溯流風而獨寫」，是其名句。

袁宏《名士傳》

袁宏作《名士傳》，傳成，親自面呈給謝安。謝安看了笑說：「我從前曾和客人談江北的軼聞，那只是說著好玩的。不想袁宏竟拿來著書。」

《名士傳》中以夏侯玄、何晏、王弼為「正始名士」；阮籍、嵇康、山濤、向秀、劉伶、阮咸、王戎為「竹林名士」。

袁宏倚馬可待

桓溫北征，袁宏隨侍在側。後來袁宏因為出言不遜，得罪桓溫，遂被免職。但是，有一次桓溫急需一篇「露布」（告捷的文書），便又立刻喚袁宏來，命他倚靠在馬前寫作。袁宏手不停揮，如流水行雲，一下子就寫了七張紙。王珣在旁邊，看了這篇露布，也不能不讚歎袁宏的捷才。

顧愷之作〈箏賦〉

有人問顧愷之：「你寫的〈箏賦〉，和嵇康的〈琴賦〉，哪一篇比較好？」

顧愷之道：「不欣賞的人，一定會說我寫的〈箏賦〉比較晚出，拾人唾餘，沒有什麼價值；但具有法眼能鑑賞的人，一定會給我的賦『高而奇』的評價。」

殷仲文讀書不廣

殷仲文天資很高，可惜讀書不夠廣博。

謝靈運看了他的文章，便嘆息說：「假使殷仲文讀書有袁豹的一半，那麼他的文才必不比班固差多少。」

羊孚作〈雪贊〉

羊孚作〈雪贊〉，形容雪的潔白飄逸，使物象生輝。

他說：「資清以化，乘氣以霏；遇象能鮮，即潔成輝。」

桓胤看了，十分稱賞，便拿來書寫在扇面上。

古詩何句最佳？

王恭在京師信步閒行，路過弟弟王爽家門口，便駐步和他聊天。

王恭問道：「你看古詩中那一句最好？」王爽一時答不上來。

王恭道：「『所遇無故物，焉得不速老』最好。」

這二句出自古詩十九首之第十一首，意思是說：往日的故友一個個都去世，自己也就感到老得更快了。

桓玄登樓作誄

桓玄有一次登上江陵城的南樓。正徘徊間，他對左右說：「我想替王恭作一篇祭誄。」

說罷，便在城樓上高聲吟嘯，接著他坐了下來，握管沉思，就這樣一坐之間，誄文便完成了。

桓玄酬答賀版

桓玄初克荊楚，領荊、江二州刺史，並有二府、一國。那時天正下大雪，五個地方的賀版紛紛來到。

桓玄坐在廳上，賀版一到，立刻酬答。版後的文章無不粲然可觀，且二州、二府、一國，毫不相亂。

方正篇第五

陳元方責客人無禮

太丘長陳實和朋友約定某日中午要出門。過了中午，那位朋友還沒有來，陳實便走了。陳實走後，那個朋友才到達。陳實的兒子元方才七歲，正在門外遊戲。那客人問元方道：「令尊在家嗎？」元方說：「他等你等了很久，你一直不來，所以他就走了。」

那客人聽了怒道：「真不講理！既然和我約定會面，怎麼又把我拋下走了！」

元方道：「你和我父親約定中午見面，你卻過了中午才來，是不講信用；在我的面前罵我的父親，更是沒有禮貌。」

那個客人沒想到元方這麼聰明，口才又好，覺得有點不好意思。他便下車想拉拉元方的手，元方卻跑進門裡，不再理他了。

宗承不交曹操

南陽人宗承自小性情耿介，在鄉里很有聲望，許多人都去造訪他。曹操和宗承年紀相差不多。小時候曹操曾去宗承家，拉著他的手想跟他做朋友，宗承卻不喜歡曹操。

後來曹操做宰相，總攬朝政，那時宗承也名滿天下。曹操從容問宗承說：「我們現在可以交個朋友嗎？」

宗承竟答道：「松柏之心不變。」

曹操對這書呆子心中有氣，但又不便得罪他，惟恐落人口實，說自己量小。於是曹操想了一個辦法，叫自己的兒子曹丕、曹植向宗承執弟子之禮。有時候也親自到宗承家訪以朝政，他這種「薄其位而優其禮」的作法，使天下人不敢講話。

郭淮夫妻情重

郭淮的妻子是王淩的妹妹。王淩做過太尉，因反叛司馬宣王而被殺。按照當時法律的規定：王淩的妹妹要連坐。

當京師派人來收郭夫人的消息傳出以後，關中州府文武及百姓紛紛請求留住夫人。郭不敢答應，如期把夫人戎裝，遣使上路。

但郭淮治理關中三十多年，深得民心。一時百姓追奔呼號的竟綿延十餘里，郭淮的五個兒子也叩頭流血，請追回母親。郭淮不忍坐視，便下令追回夫人。

後來，郭淮自知觸犯了宣王，便上書道：「五子哀戀，思念其母。其母既亡，則無五子。五子若殞，亦復無淮。」宣王看了，遂寬赦郭淮以及他的夫人。

辛毗杖金斧執法

諸葛亮北伐，占據武功五丈原與司馬懿對壘，一時關中震動。魏明帝惟恐司馬懿沉不住氣，開城出擊，便有戰敗的危險，於是他派遣辛毗前往監軍。

諸葛亮見司馬懿閉壘不戰，便一面派人辱罵司馬懿膽小如鼠，一面派人送上一套婦女的時裝，要他穿上。這一來果然激怒了司馬懿。但是諸葛亮等了很久，魏兵卻始終不見開城出擊。於是，諸葛亮便派間諜去打探消息。那人回來報告說：「有個老頭子，手拿金斧（黃鉞），站在營壘門口，殺氣騰騰，所以軍隊開不出來。」

諸葛亮聽了，微微笑道：「此人必是辛毗無疑。」

金斧（黃鉞）是代表皇帝的權杖，如有人違抗，立殺無赦。辛毗為人正直，所以魏明帝才把金斧交給他。

夏侯玄生死不渝

夏侯玄學問博雅，風格高朗。鍾會很想和他結交，但被夏侯玄拒絕。後來，夏侯玄因為得罪大將軍司馬師而被收捕，交給鍾毓審理。鍾會一看，認為機會來了，便去狎侮夏侯玄以報前仇。

夏侯玄面色一整，說道：「鍾君，你我志趣不投，不合做朋友，現在我雖受刑，你也不可以這樣對我！」

鍾毓對夏侯玄卻十分尊重。玄受拷問時，一句話也沒有說。甚至臨刑之前，玄仍是舉止自如，像平日一樣從容。

夏侯玄同而不雜

陳騫的哥哥陳本和夏侯玄相友善。但陳騫則在外做官，和夏侯玄沒什麼交情。有一次，夏侯玄到陳本家中宴飲。陳騫得到消息，便趕回家中想和夏侯玄會面。陳騫一進入家門，夏侯玄便站起來說：「我們可以在一起吃飯，但交情另當別論。」陳騫聽了，便楞在門口，過了一會兒才說道：「你的話不錯！」說完便走了。

陳泰正直不屈

高貴鄉公曹髦受司馬昭控制以後，心中憂憤不平。最後他只好孤注一擲，率領僮僕數百人去殺司馬昭，半路上被司馬昭黨羽賈充截住，曹髦被殺。

曹髦被殺死的時候，官廷內外，議論紛紛，喧騰不已。

司馬昭便問曹髦的侍從陳泰：「你說，怎樣才能使大家安靜下來？」

陳泰道：「最好立刻殺掉賈充，向天下人謝罪，便能平息物議！」

司馬昭說：「還有另外的辦法嗎？」

陳泰道：「我只知最好的辦法，不知道其他的辦法。」

和嶠實話實說

晉惠帝小時候就痴愚不慧，武帝很擔心他將不能繼承大業。

有一次，晉武帝對和嶠說：「太子最近似略有長進，請你去看望一下！」

和嶠去看了以後，回答晉武帝說：「太子聖質如初。」晉武帝為之默然。

諸葛靚孝誼為先

吳人諸葛靚以父親被司馬昭所殺，因此，晉滅吳以後，他雖遷居洛陽，但經常背向洛水而坐。晉武帝屢次派人請他出來做官，他也不答應。

諸葛靚的姐姐是武帝（司馬炎）的叔母，武帝為了想念諸葛靚，便請諸葛妃子把靚找來，在她家中會面。靚謁見武帝，敘禮已畢，便在一起宴飲。武帝說：「小時候我們是常在一起的玩伴，你還記得嗎？」

靚面色一變，說道：「過去的事不用再提了。今天我就是漆身吞炭，完全改變了我自己，也不能再出來服侍陛下！」說罷涕淚縱橫。最後，武帝只好慚悔而去。

王武子持正不阿

晉武帝對和嶠說：「我想痛罵王武子，然後再給他加官爵。」

和嶠道：「王武子為人爽直，恐怕不會屈服。」

武帝不信，把王武子找來狠狠訓了一頓，然後問說：「你現在知道慚愧了吧！」

王武子卻說：「『一尺布，尚可縫；一斗粟，尚可舂；兄弟二人不能相容』，每次想起這首歌謠，便常為陛下感到可恥。別人能使陛下親戚不睦，我卻無力使陛下親戚和睦。如果要說慚愧，只有這件事愧對陛下。」

原來武帝和齊王攸之間，兄弟不睦，武帝姊妹常山、廣德二公主苦勸亦不聽，所以王武子借機諷刺。

杜預獨榻而坐

杜預出身貧賤，又好尚豪俠，不為鄉里所容。後來，杜預拜鎮南將軍，都督荊州的軍事，上任的時候，朝士都來送行。但這些賓客到了杜家，卻仍然是連榻而坐，不願和杜預坐在一起。

有一個賓客羊琇後到，見了這情形便笑說：「杜家還是連榻坐客嗎？」說罷，不肯落座，竟自走了。

杜預滅吳回來，聲望便自不同了。從此他也是獨坐一榻，不肯和賓客連坐在一起了。

和嶠剛直坐專車

晉武帝時，荀勗（ㄒㄩˋ xù）為中書監，和嶠為中書令，當時的中書監、中書令常是同車入朝的。和嶠的為人剛直不講私情，荀勗則常常諂媚。和嶠為此很看不起荀勗，認為與他同車是一大恥辱。

有一次入朝的時候，公車剛到，和嶠便上車，正面向前坐。荀勗一看，車上的座位都給和嶠占了，根本再也容不下自己，只好另外找了一部車子去上朝。從此以後，朝廷只好給中書監、令各一部公車。

山允拒見武帝

山濤之子山允，有一次忘了戴帽子，伏靠在車子裡面。那時，晉武帝已催過好幾次說要見他。

山濤不敢推辭，只好問兒子：「怎麼樣，你到底去還是不去？」

兒子說：「不去。」

因此，當時的人便評論說：「兒子勝過山公。」

向雄義不復交

向雄做河內太守的主簿（掌理文書）時，有一次送公文的人把公文弄丟了。太守劉準誤以為是向雄偷懶，不分青紅皂白就狠狠地把他揍了一頓，然後把他革職打發了。向雄的為人素重氣節，這件事他認為是奇恥大事，便和劉準絕交。

很不巧的是，後來兩人竟又都在門下省做官，向雄做黃門侍郎，劉準做侍中（門下省的領袖）。向雄見了他的上司，始終不肯和他交談。

晉武帝聽說向、劉二人不說話，便命令向雄去重修舊好，至少官府上下的關係應該要維持。向雄不得已只好去造訪劉準，並對他說：「我今天是奉皇上的命令才來的。你我之間，上下之義早已斷絕，你想怎樣！」說罷便自走了。

晉武帝聽說向、劉二人還是不肯和好，便很氣憤地責備向雄說：「我要你們修復官府上下的關係，怎麼到現在還是不相往來呢？」

向雄不得已，只好說了一番心裡的話。他說：「從前官府的執政長官，用人的時候，固然要講求合禮，把人免職，也必須合禮。現在我所遇到的長官，要用人的時候，便對他百般親密，不用他的時候，便將他落井下石。我對劉不以兵刃相加，已是很客氣的了，哪能再修復舊好！」武帝也莫可奈何。

嵇紹拒做伶人

嵇紹做侍中的時候，有一次到大將軍府去開會，討論政事。

會議快開始的時候，有客人建議說：「嵇侍中善於絲竹管弦，何不請他當場演奏一番，以娛眾人？」於是大將軍也不徵求嵇紹的意見，便叫人把樂器拿了進來。嵇紹卻拒絕不受。大將軍說：「大家難得聚會見面，氣氛歡洽，君又何必拒絕呢？」

嵇紹答道：「大將軍協輔皇室，一舉一動，天下矚目。嵇紹雖然官職卑微，卻也不敢穿著先王的法服，去從事伶人的工作。大將軍一定要我演奏的話，請容我換上便服。」那客人只好慚愧而退。

陸機應對不亢不卑

范陽人盧志，自負家族的聲望。有一次竟在四座廣眾之間問陸機說：「陸遜、陸抗是君家的什麼人？」

陸機從容答道：「就好比你和盧毓、盧珽的關係一樣。」

陸機的弟弟陸雲站在旁邊，當他聽到盧志這樣不客氣的問話時，臉上變色。因為直呼對方父祖的名姓，是極其失禮的行為。

二陸出來以後，陸雲問道：「阿兄，他們怎麼這樣無禮？難道他們真的不知道嗎？」

陸機臉色一整，答道：「我們的父祖，名揚四海，他們豈能不知？只有他們這些鬼子，才會不把吳郡陸氏放在眼裡。」

當時名賢正想擬定二陸的優劣。謝安聽了這故事，便以此判定二陸的高下。

「鬼子」指盧志。相傳漢代的盧充和鬼結婚生子，盧志是他們的後代。「鬼子」的稱呼，暗示陸機博學而敏捷。

庾敳我行我素

魏晉時期，稱呼人為「卿」，是一種親暱的稱呼。王衍不喜歡庾敳，庾敳卻老是纏著王衍「卿卿」不已。王衍便道：「你不要再這樣。」庾敳道：「你稱我為君，我叫你為卿。我自用我的用法，你自用你的叫法，有什麼不可以！」

阮修無鬼論

阮修和人討論鬼神有無的問題。有人認為人死有鬼，阮修則認為人死後不應有鬼。他說：「看見鬼的人都說鬼穿著生前的衣服，假使說人死後有鬼，難道衣服也有鬼嗎？」

王導不肯曲學阿世

東晉元帝特別寵愛鄭后。有一次，他想廢太子改立鄭后之子為太子。王導、周顗諸公無不據理力爭，只有刁協阿諛諂媚，想撿些小便宜。

元帝見大臣不從，便心生一計。在廢太子典禮的那天，他把典禮改在宮廷東廂舉行，另外派出心腹傳詔，把王、周諸公支遣到西廂去。

周顗、王導上殿的時候，有傳詔的人出來把他們引導到西廂。這時，周顗還沒有覺察元帝的計謀，便自下階。

可是王導已知有異，便把傳詔的人支開，直入御床前，對元帝說：「陛下為什麼今天不願意見老臣？」

元帝知道瞞不住王丞相了，便自懷中取出一紙黃紙寫好的詔書，撕裂了擲在地上。因此廢太子的典禮，才被阻止。事後，周顗嘆息著對人說：「我從前常自以為勝過王丞相，現在才知道我遠不及他啊！」

「曲學阿世」是漢代大儒轅固生罵公孫弘的話，意指違背良心，做諂媚無恥的事。

陸玩不婚王、謝

魏晉之世，有名望的大族莫不講「門當戶對」的聯姻。如果名望不相稱而聯姻，會被批評、笑話。

王導剛到江南的時候，為了拉攏吳人，便自動請求要和太尉陸玩聯姻。可是王導出身琅邪王氏，是北方頭等有名望的大族；而陸玩出身江南的吳郡陸氏，雖然也是江南望族，但兩家的名望仍很懸殊。

因此，當王丞相向陸太尉請求聯姻的時候，陸玩便趕緊拒絕說道：「那怎麼行！蘭花和狗尾草怎麼能擺在一起。我陸某雖然沒有什麼見識，但也絕對不做第一個敗壞人倫、風俗的人啊！」

諸葛家法嚴整

諸葛恢的大女兒，嫁給太尉庾亮的兒子。庾亮的兒子會後來被蘇峻所加害，因此，諸葛恢的大女兒便改嫁給江虨。諸葛恢的二女兒嫁給徐州刺史羊忱的兒子。另外，諸葛恢的兒子，則娶了鄧攸的女兒。

當時，尚書謝裒也想和諸葛恢聯姻。諸葛卻說道：「我們家和羊、鄧兩家，是世代聯姻。至於江家，是我眷顧他；庾家則是他眷顧我。你們謝家，我是不敢高攀的了。」

諸葛恢死後，謝裒還是叫他的兒子謝玄，娶了諸葛恢的小女兒。三天以後，王羲之到謝家去看新媳婦，只見新婦容服齊整，端莊嫻靜，完全像是諸葛恢生前的儀規。於是王羲之大為歎服，對人說：「我在的時候，嫁女兒也不過如此！」

周顗兄弟情重

周顗、周嵩、周謨是三兄弟。周謨做晉陵太守，將要上任的時候，周顗、周嵩前來送行。周謨以出遠門，便哭個不停。

周嵩性情剛直，便怒道：「怎麼像是婦人、小姐一樣，只不過暫時分別，就哭個沒完。」說罷逕自走了。周顗卻留了下來，拍著周謨的肩膀說：「好好保重！」兩兄弟閒話家常良久，周顗才離去。

周嵩剛烈批刁協

周顗做吏部尚書的時候，有一個晚上，在尚書省內忽然得了急病。那時，刁協做尚書令，一見周顗病重，便親自為他奔走營救，照顧得無微不至。過了好久，周顗的病況才稍微好轉。

第二天一大早，周顗的弟弟周嵩得到消息，狼狽趕到。周嵩剛踏進門，刁協就爬在床下大哭，訴說昨夜危急的情況。

周嵩性情剛烈，素來就厭惡刁協在朝中諛媚無恥，因此，當下一個巴掌批在刁協臉上，使刁協狼狽而走。周嵩來到床前，也不開口問病，就指著周顗說：「你在朝廷一向與和嶠齊名，怎麼會和佞人刁協有交情！」說完，便自走了。

何充摘奸發伏

王含作廬江郡太守的時候，貪汙狼藉。王敦替他的兄長護短，竟在四座廣眾之前宣稱：「家兄在廬江很有政績，所以廬江人士有口皆碑。」

當時何充正做王敦的主簿，掌理文案，一聽之下，大為不滿，便大聲說道：「我何充便是廬江人，所聽見的風聲卻不一樣。」王敦為之默然。

那時王敦威權在手，無人敢抗。所以何充講完了話以後，四座無不替他捏一把冷汗，何充卻神色自如。

顧顯談言微中

顧顯是吳郡人，江南望族，年少而有重名。

有一次，顧顯向周顗勸酒，周顗總是不肯喝。於是他拿著酒杯勸柱子說：「便是你以棟梁自許嗎？」周顗會意，為之大笑不已。從此以後，顧顯與周顗遂為契交。

周顗厲折人主失言

東晉元帝在西堂大會朝士，一同宴飲。席間，元帝雖未大醉，但已有幾分酒意，便問說：「今天的盛會，名臣共集，諸位認為比起堯、舜，到底如何？」

那時周顗身為尚書僕射（ㄧㄝˋ yè）（宰相），一聽元帝如此失言，自己是百官的領袖，怎能再沉默下去？於是站起來厲聲說道：「雖然同是人主，又哪裡便都是堯舜的聖治呢？」

元帝見周顗如此不客氣，大為震怒，立刻退席，到裡面親自寫了一封詔書，滿滿的一張黃紙，交付廷尉（法官）令收捕周顗，準備要殺他。

過了幾天，周顗接到一封詔書，把他貶出京師。一時朝士都來探望，周顗笑道：「這幾天我就知道自己死不了，因為我的罪過並沒有這麼大呀！」

周顗痛惡暴力

荊州刺吏王敦想引兵下健康（今南京城），時論都認為他不會成功。

周顗聽到王敦的野心以後，憤憤不平地說道：「主上既非堯舜，哪得沒有過失？做臣子的又怎麼可以對朝廷以暴力相加？王敦貪婪剛愎，可惜王平子不在。」

王澄字平子，孔武有力，往年在荊州，常對王敦不滿而屢屢折辱他。後來王敦不能忍，便派出勇士路戎等人鬥殺他。故事載於《晉陽秋》。

溫嶠威武不能屈

王敦自武昌引兵下石頭城，想用兵力廢掉太子。但是，太子十分聰慧。王敦為了找個藉口，便常在賓客會集的時候，到處宣揚太子的不孝之狀。然後又說：太子的不孝情形，都是溫嶠告訴他的。

溫嶠為人正直，曾是太子的輔導官。有一次，王敦派人把溫嶠找來，疾顏厲色對他說道：「太子的為人到底怎樣，你說來聽聽。」

溫嶠從容答道：「小人難以測君子。」

王敦愈怒，又更大聲喝道：「太子到底有什麼好處？你說。」

溫嶠答道：「太子的聰慧遠識，溫嶠淺薄，不敢妄測；但至少太子以禮侍奉雙親，可以稱為孝子。」王敦因此不能折。

周顗義不偷生

王敦兵下石頭城，王師敗績。有人勸周顗出京避難，周顗不但不走，反而親自去見王敦。王敦見周顗來了，便先發制人說道：「你為什麼對不起我？」

周顗答道：「將軍帶兵犯京師，我率大軍前來阻止。可惜王師不振（使你遺臭千秋），這點實在對不起你。」

鍾雅不避死難

蘇峻以討王敦有功，官拜歷陽太守。有一次，他的軍營外面的戰鼓，無故自鳴。蘇峻知道不祥，便親自把戰鼓砸爛了。可是，過了不久，便聽到風聲說：「有人告他想造反。」

蘇峻大怒說：「京師謠傳說我要造反，這還得了！我寧可坐在山頭遙望廷尉（政府的法官），卻不願意讓廷尉老是望著我這座山頭！」說罷真的反了。

蘇峻帶兵直入石頭城（京師），百官一看，都逃散了，只有侍中鍾雅隨侍在明帝身邊。有人對鍾雅說：「可進則進，可退則退，這是古人的明訓。你的個性太正直，等一下賊寇來了，必然不免。何不隨機應變，而一定要坐以待斃呢？」

鍾雅答道：「朝廷有難，我無力匡救，已是失職。如果現在還自編口實，逃避責任，恐怕董狐的竹簡將不會饒我。」

「董狐」的故事，見《左傳．宣公二年》。趙穿殺了晉靈公，那時趙盾為百官之首。沒有發兵討賊，太史董狐便在竹簡上記載：「趙盾弒其君。」以此警戒後世想逃避責任的臣子。

鍾、庾一死一生

當蘇峻之亂，朝廷百官奔散的時候，庾亮很慎重地把後事交付給鍾雅，要他擔負起來。鍾雅很感傷地說道：「今天弄到梁棟崩折，究竟是誰的責任呢？」

庾亮道：「今天的局面，不容我們現在來檢討。我們應當想辦法早日收復京師才是。」鍾雅說道：「那麼足下真不愧是荀林父啊！」

荀林父的故事，見《左傳．宣公十二年》。楚莊王出兵圍鄭，晉平公便派荀林父率兵救鄭。雙方會師於邲（今河南鄭縣東邊）。結果晉師敗績。荀林父回來以後，自請處以死罪。晉平公卻赦免了他。後來荀林父北征赤狄，拓地廣大，晉平公便以千家賞他做食邑。

孔群邪正分明

匡術做過阜陵縣令，後棄官亡命做無賴。當蘇峻造反的時候，匡術也在其中。蘇峻很寵信匡術，賜給他的賓客、隨從很多。

蘇峻占領石頭城時，有一天孔愉和孔群路過橫塘邊的御道，剛好匡術帶著賓客走過來，孔愉便和匡術打招呼，孔群卻站在一邊，正眼也不瞧匡術一下。

匡術大怒，拔刀便砍孔群，孔愉趕緊抱住匡術，向他道歉說：「我族弟發瘋了，請看我的面子，原諒他吧！」孔群才得逃過一劫。後來，王師反攻蘇峻，蘇峻大敗，匡術也以台城投降。由於王導做保人，不殺匡術，匡術才免受刑。

有一天，王導、孔群、匡術在一起喝酒聊天，王導便半開玩笑地要匡術向孔群勸酒，以冰釋昔日橫塘逼迫之恨。哪知道孔群竟悻悻然說：「即使老鷹化做斑鳩，我還是討厭他的眼睛。」於是和匡術不歡而散。

孔坦春秋責備賢者

蘇峻的亂事平定以後，王導、庾亮諸賢都一致推薦廷尉孔坦出任丹陽太守。這次的大亂，丹陽首當其衝，創痍滿地，短期之內，要想復元，實在不容易。因此，孔坦知道諸賢的用意以後，心裡很不痛快，認為王、庾諸公不無推卸之嫌，便開口罵道：「從前肅祖（明祖）臨崩的時候，諸公都受顧命。孔坦微賤，自不在顧命之列。今天大難初平，你們竟把責任通通推到我的肩上，難道我便是俎上肉，任人宰割的嗎？」說罷，拂袖而去。於是，朝廷諸公再也不敢議論此事。

梅頤報恩有價

梅頤做豫章太守的時候，有一次，東窗事發，王導派人把他收捕了。但是，梅頤曾救過陶侃的性命。因此，陶侃得知梅頤被捕以後，便對左右說：「當今聖上年紀已經大了，威權早已旁落。王丞相既然可以收捕梅君，難道我陶公便不能放了梅君嗎？」於是派人到半路上埋伏，在江口把梅頤奪了回來。

梅頤見了陶公如重見天日一般，便雙膝落地，感激不已。陶公卻一把拖了起來，說道：「梅公不可這樣。」

梅頤道：「丈夫恩怨分明，梅頤的膝蓋也不是隨便落地的。」

蔡謨不好女伎

蔡謨在丞相王導家中做客，王丞相意興大發，便派人布設床席，準備大陳女伎。

蔡謨心中不快，便起身告辭而去。王導笑了笑，也不留他。

何充外柔內剛

成帝剛剛謝世的時候，嗣君未定。那時何充和庾冰都是顧命大臣，不免憂心忡忡。後來，何充建議立成帝之子；庾冰和朝議卻認為外寇方強，嗣子年幼不宜。於是便立了成帝之弟康帝。

康帝即位，大會群臣，便問何充：「朕今天繼承大業，究竟是誰的建議？」

何充答道：「這是庾冰的功勞，不是微臣之力。如果當時採納微臣之建議，恐怕看不到今日盛明之世。」康帝面有慚色。

江虨《棋品》第一

范汪作《棋品》，江虨列第一品，王導列第五品。江虨少年時，王導時常找他下圍棋。每次王導總是輸兩子。

有一次，王導想和江虨下一盤平手棋，暗中特別小心。當王導落子以後，便留神觀察江虨的反應。江虨把棋子拿在手上，卻不即刻落子。

王導說：「怎麼啦？還不走啊！」江虨答道：「慢一點，這子恐怕不能下在這裡。」旁邊有一個客人看出了玄機，便笑道：「這少年的棋力硬是不差。」王導抬起頭來，瞪了他一眼，一個字一個字地說道：「這少年豈止棋力不差！」

孔坦臨終有話言

孔坦臨終的時候，庾冰特地從會稽來看他。相見以後，庾冰一片親切，邊說邊掉淚。待庾冰侍候他下床以後，孔坦一陣感觸，便道：「我是死定了。可惜你這次來看我，竟不問我有什麼治國安家之計，盡作些兒女情態！」

庾冰聽了，大為慚愧，便向故人謝罪，並請留下話言。

「話言」的出處，見《詩經・大雅・抑》：「其惟哲人，告之話言。」話言就是善言。

劉惔怒叱桓使君

桓溫北征前燕，敗於枋頭，常常覺得找不到機會雪恥。因此，日子過得很不痛快。有一次，他去造訪劉惔。劉惔故意高臥不起。桓溫無名火起，便挾起彈弓，對著劉惔的枕邊打去。一時彈丸四碎，散布在床被上。

劉惔從床上跳起來，大怒道：「使君有這樣身手，何不到戰場上顯顯本事。」一句話正中桓溫心事，桓溫氣得咬牙切齒。

桓溫做過徐州刺史，故稱使君。

深公晚年獨白

竺法深年老以後，常聽到江湖上不少黃口小兒在談論他。深公說道：「你們這些黃口少年，不要信口隨意批評我老道。想當年，二聖（元、明二帝）與我為師友。王（導）、庾（亮）二公臭味相投，也經常周旋在我的身邊。」

六朝時，稱和尚為「道人」，所以深公自稱為老道。「臭味」是指氣味，所以俗話說「其臭如蘭」。

王坦之不做尚書郎

王坦之出身太原王氏，世為冠族。王坦之少年時，江虨做尚書僕射（宰相），總領選事。有一次，他想任用王坦之做尚書郎，有人便去告知王坦之。王坦之聽了便說：「自渡江以來，尚書郎都只用寒庶，現在為什麼要選我？」江虨只好作罷。

王述厭惡俗套

王述做人處世，一向厭惡虛文俗套。

有一次，行政命令要他升遷尚書令，他毫不謙讓，令到便行。

王述的兒子王坦之勸他父親說：「爸爸，你應該謙讓一點。」

王述說：「你認為我不能稱職是嗎？」

王坦之道：「怎麼會不稱職，但謙讓亦是好事，禮俗上恐不可缺。」

王述歎道：「既能勝任，又何必謙讓！你年紀輕輕，就學會這一大套虛文。人家都說你將來會勝過我這個做老子的，據我看來恐怕未必！」

庾羲婉謝誄文

孫綽作了一篇〈庾公誄〉，悼念庾亮。文中儘是誇大自己和死者生前的交情。

庾公子羲把誄文拿來一讀：

咨予與公，風流同歸。擬量託情，視公猶師。
君子之交，相與無私。
虛中納是，吐誠誨非。雖實不敏，敬佩弦韋。
永戢（ㄐㄧˊ jí）話言，口誦心悲。

「太過分了！」庾羲心想。他親自把誄文送還孫綽，說道：「先父與君的交情，自然不至如此！」

「敬佩弦韋」是《韓非子．觀行》裡的故事。西門豹性子急躁，所以身上常佩一塊牛皮，警戒自己要放慢性子。董安于性子遲緩，所以身上常佩一根弦，警惕自己要急進些。

簡文難得糊塗

王濛求作東陽太守，簡文帝不肯用他。後來王濛病重快要死了，簡文去探望他，不覺悲嘆道：「我要一輩子對不起你了，我還是用你為東陽太守吧！」

王濛便說：「人家都說會稽王（指簡文）糊塗，真是難得糊塗啊！」

劉簡剛直

劉簡做桓溫的隨從秘書，後來又做東曹參軍，參議軍事。由於性子剛直，常頂撞桓溫，桓溫便逐漸不親重他。有一次，劉簡旁聽桓溫審理一件案子，一句話也不說。

桓溫問道：「劉參軍怎麼不說話？」

劉簡答道：「說了也是白說！」桓溫聽了，也不怪他。

劉惔不近小人

劉惔和王濛外出，過了吃晚飯的時候很久了，還沒有進食。有個相識的小人，便端來餐點，菜色鮮美，可是劉惔不肯就座。

王濛便說：「姑且填填肚子吧，何必拒人千里之外！」

劉惔道：「小人都不可以結緣。」

桓溫不夠豪邁

鍾山的西邊，形狀像是一條翻覆的船，俗稱覆舟山。

有一次，王濛、劉惔和桓溫三人同到覆舟山遊玩，三人就坐在山頭上喝酒。當三人都喝到醺醺然的時候，劉惔便把腳架在桓公的脖子上。桓溫不能忍受，便舉手把他撥下去。王濛看在眼裡，也不說話。

回來以後，王濛問劉惔說：「桓公自以豪邁過人，難道剛才你把腳架在他的脖子上，他就使臉色給你看嗎？」

桓溫直言無忌

桓溫問桓伊：「謝安既然料定謝萬將來必敗，那為什麼又不勸勸他呢？」

桓伊說：「那人的脾氣很難侍候！」

桓溫跳起來說道：「謝萬這小子懦弱平庸，怕他什麼來！」

羅君章清簡自足

羅君章做過桓溫的隨從秘書，常嫌官舍喧囂，便自蓋了一座清居，布衣蔬食，以此自足。有一次，他在人家做客，主人要他和賓客多聊天。

羅君章答道：「相識已多，不願多擾。」

韓伯憂時不憂病

韓伯有一次病中，在院子裡閒步，偶然駐杖，便聽見門外謝家子弟車聲轟隆，不絕於耳。

韓伯於是嘆息道：「這和王莽時代又有什麼不同呢！」

王莽的故事，見《後漢書》。王家宗族，十人封侯，五人封大司馬大將軍，鐘鳴鼎食，富貴第一。

王坦之女不嫁兵家

王坦之做桓溫的秘書，桓溫要求王坦之的女兒做他的兒媳婦。王坦之說：「我不敢做主，要先問過家父。」王坦之回到家裡，他的父親王述因為很疼他，雖然坦之已長大，仍舊把他抱在膝蓋上，坦之便藉機把桓溫的話說了。

不料王述聽了大怒，一手把坦之推下膝蓋，大聲說道：「你怎麼又糊塗起來了？怕桓溫嗎？桓溫是個大老粗，哪可把女兒給他作媳婦？」

王坦之不得已，只好回報說：「小女的婚事，家父早已另有安排了。」

桓溫也不生氣，只是說道：「什麼安排？不過是尊翁不肯答應就是了。」

後來，桓溫的第二個女兒終於嫁給了王坦之的兒子王愉。

王洽責人呼盧喝雉

王洽小時候，看見父親的門生在呼盧喝雉。當他看到有了勝負，就說了一聲：「南風不競！」（南方的客人是輸家）

門生都認為他還小，就說：「小郎君不過是管中窺豹，胡猜一通，不要理他。」不料，王洽一聽，竟把眼珠一瞪，說道：「你們這樣賭博，真是遠慚荀粲，近愧劉惔！」說罷，拂袖而去。

「呼盧喝雉」是指賭樗蒲（ㄕㄨ ㄆㄨˊ shū pú）。樗蒲歷代賭法不同。大致是使用五枚骰（ㄕㄞˇ shǎi）子，用木、石、玉、象牙或骨等做成。骰子都分二面，一面塗黑，畫犢（ㄉㄨˊ dú）；一面塗白，畫雉。投子的人，五現皆黑，稱做「盧」；四黑一白，稱做「雉」。盧是最高采，雉是次高采，以此類推。賭樗蒲的人，往往高聲呼叫「盧」、「雉」，以壯聲勢。所以這種賭博稱為「呼盧喝雉」。

「南風不競」是《左傳》裡的故事（《左傳・襄公十八年》）。晉人聽說楚師伐鄭，便去請教樂師曠有無凶險。師曠說：「沒什麼關係。剛才我先歌唱北方的歌曲，又再歌唱南方的歌曲，結果南方的歌曲低沉而不雄壯，楚師必然無功。」

謝安不推主人

阮裕生活清簡，息交絕遊，諸賢難得見他一面。有一次，王羲之和謝安同去造訪，到了門口，羲之就說：「等一下我們應當共推一個主人。」謝安說：「那不是正好跟自己過不去嗎？」

王洽羞題太極殿

孝武帝時，新建的太極殿剛剛落成。謝安便派遣使者拿了一面版子請王洽題字。王洽很不高興，當面對使者說：「你不如把版子甩了！」謝安聽了，便親自去找王洽，說：「請你題字掛在殿上，有什麼不好？從前魏朝的時候，大臣韋誕不也親自登上凌雲閣題字嗎？」王洽答道：「韋誕登凌雲閣題字的時候，他年紀已老，鬚髮交白，只剩一口氣。魏朝把大臣用來題字，國祚所以不長。」謝安大笑，引為知言。

王恭量力而退

王恭想請江虨做他的秘書。有一天早上，他親自去造訪江虨。江虨還在帳中高臥不起。賓主坐定以後，王恭一時不便說明來意，只是東拉西扯，過了好久才宛轉出口試探。

江虨聽了王恭的來意，也不置可否。只是叫人拿酒來，自斟自飲。王恭笑說：「喝酒哪能自己喝！」

江虨說：「你也要喝酒嗎？」便遞給他一盅。

王恭喝完酒以後，心中有數，便藉機下臺走了。剛到門口，就聽得江虨說：「人要自量也並不容易哩！」

忠孝不可假借

王恭和王爽是兩兄弟。王爽為人忠孝正直。

孝武帝問王爽：「你比你的哥哥怎麼樣？」

王爽答道：「風流秀出，我自不及。若說『忠孝』二字，則又豈可隨便假借！」

何謂「小子」？

王爽和太傅司馬道子一起飲酒，道子大醉，連呼王爽為「小子」。

王爽答道：「亡祖與簡文帝是布衣之交；亡姑、亡姊是二宮皇后，何謂小子？」

「亡祖」指王濛。「亡姑」指王穆之，是哀帝皇后。「亡姊」指王法惠，是孝武帝皇后。

雅量篇第六

顧雍豁情散哀

豫章太守顧劭，是顧雍的兒子。當顧劭死在郡上時，顧雍正在家中和僚屬下圍棋。

家人進來報告說：「郡上有信來，但沒有兒書。」顧雍心中已經明白是怎麼一回事。雖然他臉色不變，手指卻掐（ㄑㄧㄚ qiā）入掌心，血都沾染了衣襟。

不久，賓客逐漸散去，顧雍才嘆息道：「我不如延陵季子的通達，已感慚愧。如今豈可再有喪明（失明）之罪，讓人苛責！」於是豁情散哀，把生死歸之於自然。

「延陵季子」的故事，見《禮記．檀弓篇》。延陵季子有一次到齊國去，回來的時候，他的長子已經死了。於是，他把長子下葬在嬴、博之間。孔子聽說延陵季子是吳中通於古禮的君子，便親自南下前往觀禮。葬禮完成以後，延陵季子嘆道：「骨肉既復歸於塵土，這是命啊！至於靈魂，則無所不在。」（季子即季札）

「喪明之責」的故事，也見於《禮記．檀弓篇》。子夏死了兒子，日夜痛哭，終於眼睛哭壞失明了。曾子前往弔喪，子夏哭，曾子也哭。子夏說道：「天啊！我有什麼罪過呢！」曾子罵道：「你怎麼沒有罪過！你喪失了兒子，又喪了眼睛！」子夏聽了才跪在地上，連說：「我錯了！我錯了！」

嵇康不傳〈廣陵散〉

嵇康博雅高邁，輕時傲世，終於得罪當道，被殺於洛陽東市。嵇康臨刑之前，神色不變，只是對家人說：「我的琴帶來沒有？」家人把琴交給他，嵇康便彈了一曲〈廣陵散〉。彈完以後，嵇康嘆息著說：「從前袁孝尼想跟我學〈廣陵散〉，我深自愛惜沒有教他，現在〈廣陵散〉是注定絕傳了。」

由於嵇康被收捕，並沒有很確實的罪名，所以當時太學生三千人共同聯名上書，請朝廷赦免他，並請聘他到太學教授，朝廷不許。嵇康被殺不久，晉文王也頗覺後悔。

「東市」本是市場，但人口會集，所以亦用作「刑場」，藉此地「殺人示眾」。

「廣陵散」故事，見《靈異志》。嵇康有一次在洛陽郊外的華陽亭投宿，亭中空無一人。到了半夜的時候，嵇康便在亭中操琴，忽然聽到有人讚美說：「太好了。」嵇康說：「你是誰？何不到亭中來聊聊？」那人卻嘆息道：「我不便現身，因為我死在此地已經很多年了。今晚是聽到你的琴聲，才出來看看。」過了一會兒，那人說：「你的琴能不能借我？」嵇康便把琴遞出去。那人東彈西彈，初不見有何高明，忽然彈了一曲〈廣陵散〉，曲調優美絕倫。嵇康大喜，便在亭中學了大半夜。那人臨走說道：「不可傳給別人」，於是〈廣陵散〉成為嵇康的絕藝。

王戎不摘路邊李

王戎七歲的時候，和小朋友在路邊玩。有小朋友發現路邊的李樹上結了很多李子，便紛紛爬到樹上去摘，只有王戎站在樹下看人家摘李子。

有人就問王戎說：「你為什麼不上去摘呢？」

王戎說：「這些李樹長在路邊而沒有人要摘，想來必定是苦的。」

果然，小朋友一咬李子，都吐在地上說：「好苦！」

王戎不懼虎吼

魏明帝叫人把老虎的爪牙拔掉，放在洛陽城宣武教場的欄杆內，讓百姓參觀。王戎那時只有七歲，便夾在人群中看老虎。忽然之間，老虎大吼一聲，爬上欄杆。參觀的人無不嚇得大叫一聲，跌跌爬爬地撞在一起。只有王戎站在原地，一動也不動。

魏明帝在樓閣親自望見，派人問是誰家的小孩，心中詫異不已。

裴遐不計較私鬥

裴遐在周馥家和人下棋，周馥自做主人替他們行酒。

裴遐棋興正濃，經常忘了喝酒。周馥便出其不意，把裴遐從床榻上面拖到地下。裴遐卻一點也不生氣，爬回榻上以後，照樣下棋如故。

有一天，王衍碰到裴遐，便問說：「當時你怎麼一點都不生氣。」裴遐說：「那只是鬥變而已。」

「鬥變」就是「私鬥」，這裡是指「鬧著玩」的意思。「鬥變」的故事，見《漢書．尹翁歸傳》。

庾敳酒醉吐真言

劉輿在太傅司馬越府中做長史，時常設計害人。唯有庾敳淡泊明志，一向與人無忤，因此沒有把柄落在他的手上。後來，庾敳因為生活儉樸，家道漸漸富裕。

劉輿就勸太傅說：「你不妨開口向他調取千萬，只要他吝嗇不給，我們就有機可乘。」於是，太傅便故意在四座廣眾之間，向庾敳要錢。

庾敳那時剛好已喝得大醉，頭巾都掉在桌子上，正低頭去穿取頭巾。他聽了太傅的要求，便睜著醉眼慢慢答道：「下官家中應當還存有兩娑（三）千萬，請隨時來取好了！」

太傅和劉輿想不到庾敳居然這麼坦率大方，一時無計可施，只好作罷。過了幾天，有人向庾敳透露劉輿的奸計，庾敳嘆道：「那真是以小人之慮，度君子之腹了！」

王衍的白眼珠兒

王衍和裴遐二人好尚不同，而王頗著聲望。裴遐私下認為自己很可恥，於是常常在想辦法要取代王衍，但是，一時之間又拿不出什麼好辦法。

不久，裴遐心生一計。便故意去找王衍，在他家中當面破口大罵，把王衍罵得滿頭霧水。裴遐一邊開罵，一邊暗暗希望王衍回罵。因為這樣一來，世人便會認為：王衍和他不過是半斤八兩的「半吊子」而已。

可是，裴遐不管怎麼樣大罵，王衍都只是不動聲色。直到裴遐罵得疲倦了，王衍才一個字一個字地吐出一句話：「我的白眼珠兒又浮起來偷看人了！」

王導胸懷灑落

庾亮鎮荊州的時候，建康城中有消息說：「庾公有東下石頭城之意。」於是有人便請王丞相暗中戒嚴，以備不測。

王導說道：「庾公與我雖然都是本朝大臣，但原來都愛好布衣閒居，不願做官。現在庾公如果真的要來的話，那我寧可頭戴角巾，立刻就回烏衣巷隱居。京師又何必戒嚴呢！」

「烏衣巷」在建康城南，長干寺之北。南渡初期，琅邪王氏住在此地。

「灑落」是指光明灑脫的意思。

阮孚好木屐

祖約好財物，阮孚好木屐，兩人長年都在收藏。其實喜好財物，或喜好木屐，同樣都是一種累贅。但這兩人之間，一時未判高下。

有個人去拜訪祖約，見祖約正在計算財物。當客人入門的時候，他還來不及收拾淨盡，剩下兩個小筐筐放在背後。因為不好意思給客人看見，他便斜著身子遮掩，臉色不大高興。

另外一個人去拜訪阮孚，看見阮孚正拿著木屐在吹火上蠟，他一邊上蠟，一邊嘆息說：「我有這麼多好木屐，不知道一生能穿多少雙？」臉上氣定神閒，一無牽掛。

從此以後，祖、阮高下立判。

王丞相有床難眠

許璪（ㄗㄠˇ zǎo）、顧和二人，曾在王丞相手下做事，很受器重。因此，每次遊宴集會，他們都和丞相在一起。

有一個晚上，他們在王丞相家下棋，二人都非常盡興。夜深以後，王丞相便叫他倆到自己帳中睡覺。顧和上了床翻來覆去，老是睡不著。許璪卻是一上床就鼾聲大作。

王丞相看了看，笑著對賓客說：「今天晚上，這張床是難得睡好覺的地方了。」

王羲之東床袒腹

太尉郗（ㄔ chī）鑒在京口的時候，派遣門生送信給丞相王導，說要在琅邪諸王子弟中，挑選一個女婿。王丞相說：「你到東廂去隨意挑一挑吧！」

門生回去以後，向郗鑒報告說：「王家的少年郎，聽說我來挑女婿，個個都表現得很矜持。只有一個少年郎，躺在東邊的床上，露出肚子，自顧自地吃東西，根本不當回事。」

郗鑒聽了很高興，說：「這個正好。」打聽之下，那個不當回事的便是王羲之。

於是，郗鑒就把女兒嫁給羲之。

羊曼真率

晉室剛渡江的時候，拜官的人都在家中供設餐點，款待客人。羊曼剛拜丹陽尹，家中供設餐點。早來的客人，便挑些精緻的吃，晚到的客人就只好將就些了。客人不問貴賤，時間不論早晚，一切悉聽自便。羊固拜臨海太守，家中整天都供設華美的餐點，而且隨時添加，所以客人無論早來晚到，都得到豐盛的款待。

當時名賢評論二羊的高下，便說：羊固的豐華，不如羊曼的真率。

周顗聊以解嘲

周顗、周嵩是兩兄弟。周嵩性子狷直豪爽，常以才氣凌人。有一次，周嵩喝醉了酒，瞪著眼睛大罵周顗說：「你算什麼東西，你比我差遠了，真是浪得虛名！」周顗不應。過了一會兒，周嵩又拿起蠟燭火向周顗擲過來，周顗立刻閃在一邊，笑道：「阿奴用火攻，真是下策啊！」

顧和搏虱子

顧和剛剛在揚州做官的時候，有一次停車在州門外。

周顗要去找王丞相，路過顧和的車邊。顧和卻只顧著抓虱子，一動也不動。周顗覺得奇怪，便去而復返，指著顧和的頭說：「這裡面到底是些什麼東西呀！」

顧和只是抓虱子，過了好一會兒，才看了周顗一眼，一個字一個字地說道：「這裡面的東西呀最是難測！」

周顗見了王丞相以後，很高興地說道：「揚州小吏，有一個令僕（宰相）之才！」

「令僕之才」指尚書令和僕射之才，二者同為宰相。顧和後來果然官拜尚書令。

庾亮左右開弓

庾亮和蘇峻作戰，大敗，帶著左右十多人乘坐一條小船逃亡。

沿途亂兵不時前來搶掠。庾亮左右開弓射賊，一不小心，誤中舵手，舵手應弦而倒。眾人一看大驚，便紛紛想下船逃亡。庾亮卻安坐不動，只是慢慢地說道：「像他這樣的身手哪可殺賊！」大家一聽，便又安靜下來。

庾翼馬失前蹄

征西將軍庾翼有一次外出歸來，盛陳儀衞。他的岳母在安陵城樓上看見了，便對女兒說：「聽說庾郎騎術很好，我卻從來沒有見過。」婦人就叫人告訴庾翼。

庾翼在路上聽說岳母要看他騎馬，便叫儀仗兩邊排開，讓他在中間盤馬。剛剛打了兩轉，就從馬背上栽了下來。樓上母女大叫，庾翼卻毫不在乎，意氣自如。

謝安泛海吟嘯

謝安和孫綽諸人，一同泛海出遊。忽然之間，風浪大起來了，船上諸人無不變色。只有謝安遊興正濃，在船上吟嘯不已。划船的人見謝公貌閒意悅，便催船往前衝去。這時風浪愈來愈急，船上諸人開始坐不住了，紛紛站起來大叫。

謝安說道：「你們再這樣騷動，只怕這條船就要回不去了。」眾人一聽，才立刻回座。這時大家見了謝安的雅量，無不信服他能夠鎮安朝野。

謝安作洛生詠

桓溫在新亭設宴，並埋伏甲兵想殺謝安、王坦之。王坦之非常著急，問謝安說：「到時候怎麼辦？」謝安神色不變，對王坦之說：「朝廷存亡，在此一行。我們走吧！」到了新亭，王坦之越來越害怕，謝安則越來越鎮定。謝、王二人到席前坐定以後，謝安便以他濁重的鼻音，仿洛下書生的歌唱，唱了一首「浩浩洪流，帶我邦畿。」桓溫一聽，豪情大發，便大喝一聲「退下！」於是一場干戈，消弭於無形。

謝萬不介意

支道林離開京師的時候，時賢都會集在征虜亭送行。蔡系早到，坐在林公身邊。謝萬晚到，坐離林公遠一點。一會兒，蔡系有事，暫時離座。謝萬藉機占了蔡系的位子。蔡系回來一看，就把謝萬推在地上，使謝萬頭巾散落，狼狽不堪。

謝萬站起來以後，慢慢整理衣冠，回到原來的位置落座。對蔡說道：「你忒（ㄊㄜˋ tè）奇怪，幾乎壞了我的面子。」

蔡系卻答說：「我本來就沒想到你有什麼面子。」之後，二人都不再介意。

釋道安盛名之累

釋道安是東晉一代高僧，郗嘉賓對他極為景仰。有一次，郗嘉賓送給釋道安白米千斛，並親自寫了一封厚厚的書信，殷勤寄意。釋道安的回信來了，卻只有簡單的幾個字：「損米，愈覺有待之為煩。」意思是說：你送我這麼多的米，愈使我感到盛名之累。

「有待」的故事，見《莊子．逍遙遊篇》。列子乘風而遊，十分灑脫。但列子雖不必用腳走路，仍然「有所待」——有所依賴。依賴什麼呢？風。如果沒有風，他還能乘風而遊嗎？

釋道安修行般若，理應寂寂無聞才是。但道行高了，聲名羈絆也來了。郗嘉賓就是景仰他的聲名才送米給他的，所以釋道安說這是盛名之累。

謝奉是奇人

謝奉做吏部尚書，因事被免官。當他東還會稽老家的時候，在破岡遇到謝安。謝安想到二人即將分手遠離，對謝奉有點不忍。便留在破岡二三天，想安慰謝奉，共話心事。但每次謝安提到失官之事，謝奉就把話題引開。所以二人雖在中途盤桓了幾天，謝安卻始終沒有機會暢談此事。

兩人分手以後，謝安一直覺得心意未盡，胸中好像有塊東西塞在裡頭。因此，只好對同船的人說道：「謝奉實在是個奇人！」

戴逵談論琴書

戴逵善於彈琴，文章清妙，常與高門名流往來。

謝安最初聽到戴逵的名氣時，不大看得起他。有一次，戴逵下山，謝安前去看他。二人見面，只是談談琴書而已。但後來，戴逵越談越妙，謝安不覺悠然神往。自此以後，謝安才知道戴逵有他的內容和雅量。

謝安圍棋如故

前秦苻堅率領百萬兵，想併吞江南。前鋒距離廣陵只有一百多里。這時整個京師，人心震駭。謝安仍舊和人在別墅下棋。忽然，前方有一通書信到來。謝安把書信看了看，一句話也沒有說，就繼續下棋。

旁邊的客人急得不得了，便問說：「前方的勝負，到底怎麼樣？」

謝安答道：「小孩子們已經把敵人趕跑了！」說話的時候，臉色動作和平常一樣。

搔不到癢處

殷仲堪認識一個人，作賦是束皙（ㄒㄧ xī）一流，十分詼諧。有一次，殷仲堪拿了他的一篇賦給王恭看，對王恭說：「這篇新文章很有可觀。」王恭接過來看的時候，殷仲堪就在旁邊笑個不停。

王恭看完以後，既不笑，也不叫好，只是把文章放在桌上，用玉如意敲了兩下。

殷仲堪一看，不覺悵然自失。

劉琨以胡笳退敵

劉琨有一次在城中，遭胡騎重重圍困，一時窘迫無計。到了天色向晚的時候，月亮剛剛升起，劉琨便登上城樓，高聲長嘯，嘯聲十分悽涼，胡人開始受到感動。

中夜以後，劉琨又叫人大吹胡笳。胡人思鄉情切，不覺為之落淚。這樣幾個晚上，夜夜胡笳，胡人大感吃不消，最後只得棄城跑了。

識鑒篇第七

橋玄品鑒曹操

曹操少年時去見橋玄。

橋玄善於品鑒人物，便說：「你將來必是個亂世的英雄，治世的奸賊。現在天下大亂，恨只恨我已老了，不能及身見你富貴。但是，我想把我的子孫託付給你。」

裴潛論劉備

曹操問裴潛：「你曾經和劉備共住荊州，你認為劉備的才能怎樣？」

裴潛說：「如果劉備住在中原，那麼中國必然大亂。但是他如果占有邊陲，便足為一方的霸主。」

傅嘏有知人之明

何晏、鄧颺、夏侯玄都想和傅嘏結交，傅嘏不肯，三人便請荀粲來說合。

傅嘏答道：「夏侯玄志大量小，徒有虛名；何晏、鄧颺心氣浮躁，貴同惡異，而且貪利無厭。這三人，敗壞人倫，避之猶恐不及，豈能為友？」

後來那三人果然都不得好死！

王衍推重山濤

晉武帝在宣武教場講武，一心想要偃武修文，拆除武備。山濤聽了，不以為然，便講述了一番孫吳用兵的本意：「謀國者必不可忘戰。」武帝很同意但不能採用。

後來，晉室諸王見朝廷武備廢弛，便心懷不軌。這時王衍歎道：「山公雖然沒學過孫吳兵法，但修道深遠，所見自與孫吳暗合！」

何物老嫗（ㄠˇ ǎo）生寧馨兒

王衍從小就聰明秀麗，妝扮齊整。

有一次，王衍來見山濤，臨走的時候，山濤捨不得他走，一直目送著他的背影。最後山濤怒道：「真是混賬！哪家的老太婆生下這樣好的小孩！將來天下必然被他搞亂。」

王衍十四歲時，追隨父親到京師，羊祜（ㄏㄨˋ hù）一見，便對賓客說：「此人將來必負盛名，可惜傷風敗俗的也必然是他。」

「寧馨兒」是六朝俗語，寧馨是「如此」的意思。

石勒讀《漢書》

石勒是胡人，騎術過人，但不識字，因此在軍中空閒的時候，常叫人讀書給他聽。有一次，他聽人讀《漢書》。那人讀到楚漢相爭，酈食其（ㄌㄧˋ ㄧˋ ㄐㄧ lì yì jī）勸劉邦立六國後代，以分化項羽的時候，石勒便大為吃驚，把桌子一拍說道：「這下完了！劉季怎會得有天下！」

一會兒，那人讀到留侯（張良）入諫，痛罵酈食其。石勒才鬆了一口氣，讚歎道：「原來賴有此人！」

衛玠先天不足

衛玠（ㄐㄧㄝˋ jiè）五歲的時候，已生得粉妝玉琢，可惜先天不足。因此他的祖父有一次便嘆息說：「玠兒清秀異常，可惜我已老了！」衛玠後來只有二十多歲便死了。

張翰見機而退

張翰在齊王冏（ㄐㄩㄥˇ jǒng）手下做事。有一年，秋風剛剛吹起，張翰便想起了江南的菰菜、蓴羹和鱸魚膾，說：「人生難得幾回痛快，何必在官場傷腦筋呢！」辭了官就直奔江南。

不久，八王亂起，齊王冏終於失敗。時人才知道張翰辭官，並不是真正為了家鄉的菰菜、鱸魚，乃是他有先見之明，藉機急流勇退而已。

此人必為黑頭公

諸葛恢避難過江，自號道明。

當他做臨沂縣令的時候，王導一見，便說：「此人必為黑頭公。」

「黑頭公」指年輕的宰相，或說是青年才俊。

王玄志大其量

王澄和王玄素不相識。

有一次，王澄見了他，便說：「此人器量狹窄，野心卻太大，將來恐怕不得好死。」

王玄後來果然在塢堡中遇害。

周嵩剛烈有遠見

周顗的母親，某年冬至的時候，舉盃向三個兒子（顗、嵩、謨）祝賀道：「我本來以為到江南以後，恐怕難有立足之地，沒想到你們兄弟有今天的成就，使我十分寬心了！」

周嵩一聽，立刻跪在地上痛哭道：「我看不如阿母所說。阿兄志大才疏，見識不明，恐難以自保。孩兒生性剛愎，常和人家衝突，也難長久。只有阿奴（周謨小字）平平，將會留在阿母身邊而已。」

王含自投死路

王敦造反敗亡以後，他的部下王含、王應父子商議共奔前程。王含想投奔荊州刺史王舒，王應想投奔江州刺史王彬。

王含說：「江州刺史王彬，之前既敢抗衡大將軍（王敦），你怎麼敢投奔他呢？」

王應說道：「就是因為王彬敢抗大將軍，今天我才敢投奔他呀！試想大將軍強盛時，王彬硬是不從，這便是非常人。今天大將軍失敗，王彬必然同情我們，我們前往投奔，正是時候。荊州刺史王舒一向懦弱不敢得罪大將軍，今天臨危前往投奔，其人心事難測！」

王含不聽王應的話，父子二人遂投奔王舒。王舒不願受大將軍連累，便把王含父子沉入江底。其時，王彬已在江邊備船等待王應，後來才知王應誤投荊州，為之嘆息不已。

褚裒鑑賞孟嘉

孟嘉酒量好，善於應對。早年在庾亮手下做事時，已經很出名。

庾亮問孟嘉：「酒有什麼好喫，為什麼你那麼喜歡酒？」

孟嘉說：「酒中自有趣味。」

庾亮又問：「聽伎女奏音樂，絲不如竹，竹不如肉是什麼緣故？」

孟嘉說：「漸近自然。」庾亮十分稱賞。

有一次，褚裒路過武昌，問庾亮說：「孟嘉在這裡嗎？」

庾亮說：「你自己找找看吧！」

褚裒仔細尋找了一遍，指著孟嘉說：「他和別人不同，大概是吧！」庾亮大笑點頭。

「絲不如竹，竹不如肉」是說：琴弦不如簫管，簫管不如歌喉。

殷浩棲遲墓地

殷浩棲遲丹陽墓地，將近十年，時人比做管、葛。有一次，王濛、謝尚、劉惔三人同去探望，殷浩堅決不出。在回程路上，王對謝說：「殷浩不下山，天下蒼生當奈何！」

劉惔笑道：「你們真相信他的鬼話嗎？他哪能不下山！」

棲遲是居留的意思。

桓溫逢賭必勝

桓溫議出兵伐西蜀。眾人都不贊成。朝廷亦認為桓溫出兵將師老無功。劉惔聽了，微微笑道：「桓溫必克西蜀。你看他賭樗蒱，不下場便罷，每出手必贏。」

謝安東山再起

謝安隱居東山（浙江上虞縣境），蓄養女伎，每遊山玩水，必以女伎相從。朝廷屢次請他下山，他總是推辭不就。

簡文帝道：「安石必將東山再起。他既和人家同遊樂，自必和人家同擔憂。」

郗超先公後私

郗超與謝玄不和。當苻堅帶兵南下，逼近京師時，朝議派謝玄領北府兵出征，許多人不同意。郗超說道：「我曾和謝玄共事桓溫，謝善用人才，鉅細無遺。如派他北征，當可奏功。」

謝玄克敵以後，時人無不讚歎郗超的見識和雅量。

韓伯積怨

韓伯與謝玄交情不好。謝玄北征後，街坊議論紛紛。韓伯便說道：「不必擔心。此人好名，必能一戰。」

謝玄在前方聽了大怒，對人說：「丈夫提兵在外，出生入死，為的是替君親分憂，豈可說是好名！」

賞譽篇第八

邴原雲中白鶴

邴原博學多聞。當漢魏之際，中國大亂，他到遼東去避難。遼東太守公孫度對他極為禮遇。

後來，邴原想返回鄉里，公孫度不讓他走。於是邴原就設法把左右灌醉，中夜坐船離去。公孫度發覺以後，派人去追，已經晚了。便嘆息說：「邴原真是雲中白鶴，不是我這捉燕雀的網子所能羅捕的啊！」

裴楷清通，王戎簡要

裴楷和王戎二人小時候去拜訪鍾會，鍾會極為稱賞。鍾會說：「裴楷清通，王戎簡要。將來如果出來做吏部尚書的話，天下人才必無幽滯。」

裴楷論四大名士

裴楷論夏侯玄：「如入宗廟，令人起敬意。」

論鍾會：「如入武庫，劍戟森森。」

論傅嘏：「廣大無所不有。」

論山濤：「如登山下望，幽然深遠。」

王戎論山濤

王戎論山濤：「像是一塊渾金璞玉，人人都知是稀世之寶，卻不知道叫做什麼器物。」

阮咸萬物不能移

山濤推舉阮咸做吏部侍郎。

他說：「阮咸清真少慾，萬物不能打動他的心。如果他占據選曹要地，分判人才的清濁，絕不作第二人想。」

王衍風塵外人

王戎論王衍：「明秀若神，好比瑤池仙樹，自然是風塵外人。」

裴頠清談林藪

裴頠善於清談，辭理豐蔚，所以當時的人說他是「清談的林藪（ㄙㄡˇ sǒu）」。

山濤不讀《老》、《莊》

有人問王衍：「山濤談義理到底如何？有誰人可比？」

王衍說：「山公從來不以清談自居，也不讀《老》、《莊》。可是我常聽他歌詠，和《老》、《莊》意旨並無不同。」

裴楷籠蓋人上

王衍說：「裴楷清明朗爽，真人上之人，不是凡品。如果我死後還能復活，我將與他同歸。」

樂廣要言不煩

王衍說：「樂廣清談，真是簡要之至。使我每次要開口，便自覺煩瑣。」

庾琮服寒食散

庾琮甚為知名，後來服寒食散變成殘廢。他的家住在建康城西，自號「城西公府」，聊以解嘲。

寒食散就是五石散，用赤石脂、白石脂、紫石脂、鐘乳石、硫黃、五石相配，以治勞傷諸症。魏晉名士則以服寒食散為風流。

五石散不宜熱服，要冷服，故稱「寒食」。食後要行走散熱，叫做行藥。余嘉錫有〈寒食散考〉。

王玄使人忘寒暑

庾亮少年時，為王玄所知遇。

庾渡江以後，回憶往事，倍覺親切難忘，便感嘆道：「和王玄論交，使人悠然不知寒暑。」

衞君談道，平子三倒

王澄談吐高傲，向來不肯低頭。但是每聽衞玠談玄理，便拍案絕倒。前後三聞，為之三倒。

時人笑說：「衞君談道，平子三倒。」（王澄字平子）

王導夜話忘倦

王導招祖約夜話，通曉不眠。第二天早上，有客來訪，王導來不及梳理頭髮，臉上略有倦意。

客人道：「昨夜失眠了嗎？」

王導回答：「昨天和祖約夜話忘了疲倦。」

來來，這是你的座位

何充才情淹博，王導一見便用拂塵指著座位說：「來，來，這是你的座位。」意謂何充將來必為宰相。

王述糊塗蟲

王述性子耿介坦率，討厭虛文。

有一次在王導家中坐。王導每次說話，四座無不附和讚美。

王述看不過去，便道：「主人不是聖人，諸君哪得事事附和！」王導大為歎賞，四座卻認為他是「糊塗蟲」。

劉綏灼然不群

劉綏風姿灼然，庾亮歎道：「劉綏千人亦見，百人亦見。」

意思是說劉綏十分特出，在千人群中，一望可見；百人群中，亦一望可見。

徐寧海岱清士

桓彝（ㄧˊ yí）善於品鑒人物。有一次，庾亮請他代覓一個人才，桓彝找了一年才找到徐寧。

桓對庾公說：「別人所應有的長處，徐寧雖未必有；但是人家所不應該有的短處，徐寧必然沒有。所以我把他推薦給你。」

賈寧為諸侯上客

何充有一次送人東還，抬頭望見賈寧在自己車後，便說：「此人如不死，必為諸侯上賓。」

賈寧先投王敦，後投蘇峻，終以料事機先，脫身免害。

豐年玉和荒年穀

晉人稱庾亮為「豐年玉」，稱庾冰為「荒年穀」。

意思是說：庾亮之才，足可粉飾太平；庾冰之才，則可匡濟時艱。

王述掇皮皆真

王述性子坦率，謝安說：「把他的皮拔下來也都是真的。」

王敦可人兒

桓溫和王敦心事相通。

王敦死後，有一次桓溫路過他的墓邊，不覺嘆息道：「可人兒！可人兒！」

殷浩非以長勝人

王濛稱讚殷浩說：「殷浩不只以他的長處勝過別人，就是他處理自己的短處，也勝過別人。」

劉惔胸中金玉滿堂

王濛對支道林說：「劉惔胸中可謂金玉滿堂。」

林法師道：「既是金玉滿堂，又為什麼還要挑選？」

王濛說：「不是要挑選，只是他說的話很少罷了！」

可人兒和五里霧

殷浩談論精微，長於《老子》和《易經》。有一次，王濛、劉惔來和殷浩清談。談後，一起坐車歸去。

在途中，劉惔對王濛說：「殷浩真是可人兒！」
王濛卻說：「你墜入他的五里霧中了。」

王羲之論四名士

王羲之論謝萬：「在山林湖沼中，獨自顯出虯勁。」
歎賞支道林：「心器明淨，神理俊逸。」
論祖約：「風頭皮骨，找不到第二個人。」
論劉惔：「雲中的一棵樹，枝葉疏疏落落。」

王述真率遮短

簡文歎賞王述說：「才既不高，對名利也不夠淡泊；只是以少許的真率，便足以媲美別人諸般美德。」

江惇思懷曠達

江惇（ㄉㄨㄣ dūn）是江虨的弟弟，博覽典籍，儒道兼綜。

王濛歎道：「江惇思懷所通，不止儒域。」

謝鯤折齒

謝鯤遊心曠達，不拘形跡。有一次，他看見一女子在織布，姿貌俏麗，便去挑逗她。

那女子大怒，把木梭投過來，打斷了他的兩支門牙。

旁人傳為笑談，謝鯤卻傲然說道：「不妨我嘯歌。」一路上長嘯不已。

謝安說：「謝鯤這個人如果遇上竹林七賢，自必把臂入林。」

謝安梳髮清談

謝安早年優遊山水，不樂出仕。後來桓溫鎮荊州，聽到謝安的大名，便請他到荊州做事。

有一次，桓溫親自去找謝安清談，謝安正在梳頭。謝安性子遲緩，桓公也不催促，便道：「你自慢慢梳吧。」說著坐了下來，和謝安談到天黑才離去。

桓溫走後，對左右說道：「你們曾見過這樣的人嗎？」言下頗為得意。

門中久不見如此人

桓溫在姑孰病了，謝安前去探望。

謝安從東門進來，桓溫遠遠看見，便嘆息說：「我門中久不見這樣的人了！」

賞異不賞同

孫綽做庾亮參軍的時候，同遊白石山。剛好衛永也來了。

孫綽一看衛永，便私下對庾公說：「那人的神情一點都不關注山水，難道他也會作文章嗎？」

庾亮說：「衞君的風韻，雖然不及你們，但他的可愛之處，也還不俗啊！」孫綽一聽有道理，便反覆領略這句話。

自知最難

王濛和劉惔齊名，兩人相知甚深。

有一次，王濛嘆息說：「劉惔對我的了解，比我了解自己還深。」

王、何衣缽傳人

王濛和劉惔在找支道林。二人追到祇洹寺，才發現林法師正據高座，揮麈講道。王、劉向座下一望，只見黑壓壓的一片，約有一百多人，無不注耳傾聽。王濛微微一笑，對劉惔說：「這傢伙實在不是好惹的東西！」

過了一會兒，王濛聽林法師講道，悠然神往，不覺又嘆息道：「此人自是王、何衣缽傳人！」

「王何」指王弼、何晏。二人兼綜儒、道，馳才逞逸，是魏晉清談的領袖。

劉惔、簡文是〈琴賦〉中人

嵇康作〈琴賦〉，有所謂「非至精者，不能與之析理」、「非淵靜者，不能與之閒止。」

許詢看了〈琴賦〉以後，說道：「前一句，可指劉惔；後一句，可指簡文。」

王洽供養法汰

釋道安見北土大亂，難布法事，便派竺法汰去揚州周旋。

竺法汰到揚州後聲名未著，王洽便設法供養他。每次出遊各地名勝，必邀法汰同行。如果法汰不在，王洽就寧可停車不出門。

王洽所到之處，名流會集。因此過了不久，法汰便聲名大噪。

王坦之不使人想念

謝安輔政以後，崇修園館，講究車馬服飾，後來遭遇大喪的時期，仍然要妓女奏樂來排遣。王坦之看不過去，屢次勸謝公，謝公不聽。

有一次，謝安對人說：「王坦之這個人，見了面並不使人討厭，但是他出門以後，也不使人懷念。」

何充酒中智者

何充是酒中智者，不但酒量好，尤善領酒中趣味。

劉惔說：「每見何充喝酒，就想把家中好酒通通搬出來。」

一個人喝酒喝到這種境界，自然是最善於喝酒的人了。

王濛可圈可點

謝安說：「王濛話不多，但往往可圈可點。」

江灌不言而勝人

清談名家劉惔，話說多了，便也慢慢地欣賞一些不說話的人。劉惔見江灌不常說話，便加以觀察，然後說道：「江灌不會說話，而能夠不說話，這很使我佩服。」

劉惔醉後不胡言

簡文說：「劉惔醉後也不會胡說，不愧是清談名家。」

王胡之神悟

支道林說：「王胡之穎悟過人，每次遇見他，便使人談個不停，不到精疲力竭，不想回去。」

天地無知

謝安非常推崇鄧攸，對他的遭遇很是同情，常說：「天地無知，遂使伯道無兒。」當時人亦多為之傷惜。

鄧攸字伯道。他在永嘉之亂的一次逃亡中，為了拯救亡弟之子，忍痛遺棄自己的兒子。過江以後，終身無子。

王凝之好酒

王凝之一向為人蕭索寡合，只有遇到酒，才酣暢痛飲，忘情忘己。他的弟弟王獻之寫信給他說：「阿兄與酒自是衿契。」意思是說凝之既與人少合，只得以酒為友了。

王忱自是三月柳

王恭和王忱交情很好。只因誤信袁閭流言，便相疏遠。但王忱很可愛，所以王恭不與他往來之後，每有勝事，總是會想到他。

有一天早上，王恭獨自散步到京口射堂前，見梧桐新發，枝枒掛露，不覺歎道：「王大自是三月柳，令人相思！」

品藻篇第九

蔡邕定陳蕃、李膺高下

汝南陳蕃、穎川李膺二人，都是東漢一代名士。

有一次陳蕃、李膺共論功德，不能定高下。蔡邕（ㄩㄥ yōng）便替他們裁斷，說：「陳蕃敢於冒犯主，李膺嚴於統攝部下。冒犯人主難，統攝部下易。」所以，陳蕃就被排名在三君之下，李膺則掛名在八俊之上。

所謂「三君」、「八俊」，是指東漢黨錮之禍發生以後，天下名士共相標榜的名號。竇武、劉淑、陳蕃三人被稱為「三君」。君是指一世所宗。李膺、荀昱、杜密、王暢、劉祐、魏朗、趙典、朱寓（ㄩˋ yù）為「八俊」。俊是指人中之英。

駑馬和駑牛

龐統到江南，吳人多聞其名。

龐統見到陸績、顧邵，說道：「陸子是所謂的駑（ㄋㄨˊ nú）馬，顧子則為所謂的駑牛。」

有人便問：「先生的意思是陸勝顧嗎？」

龐統笑道：「駑馬雖快，只能負載一人；駑牛一天雖然只走百里，但所負載豈止一人！」吳人不能反詰。

龐統與顧劭的優劣

顧劭曾和龐統夜話，顧劭問：「聽說你善於品鑒人物，你我相比如何？」

龐統說：「陶冶世俗，隨時應變，我不及你。但是，如果論王霸的策略，觀察禍福要害，我也略有一點長處。」顧劭為之歎服。

諸葛三名士

諸葛瑾之弟諸葛亮，和堂弟諸葛誕，三人並負盛名，而各在一國。當時人的評論認為：「蜀得其龍，吳得其虎，魏得其狗。」

諸葛誕替曹操拔舉人才，公而無私，與夏侯玄齊名。

諸葛瑾在吳，雅量過人。孫權派他使蜀，他只和諸葛亮在公堂相見，退無私交。

「龍、虎、狗」之稱，只是表示他們的排行次序，不是輕蔑的意思。《雅爾．釋畜》：「犬未成豪曰狗」。所以小虎、小熊也稱「狗」。見《世說》劉盼遂箋注。

王敦揮扇不停

王敦在洛陽時，素忌憚周顗。每次見到周顗便覺面熱，雖是臘月，也是揮扇不停。

渡江以後，周顗在石頭城，王敦鎮荊州。二人很難見一面。王敦嘆息道：「不知現在是我進，還是周顗退？」

謝鯤一丘一壑

明帝問謝鯤：「你自比庾亮如何？」謝鯤說：「在廟堂領導百官，我不及庾亮。但是棲於一丘，釣於一壑，他不及我。」

「一丘一壑」是容成子的故事。黃帝有一次要去昆吾之丘，中途遇見容成子，便問他要去哪裡？容成子說：「我將棲於一丘，釣於一壑」。意思是說將去隱居山澤。（見《太平御覽·苻子》）

謝尚妖冶

宋禕（ㄏㄨㄟ huī）曾做過王敦的妾，後來嫁給鎮西將軍謝尚。謝尚問宋禕：「我比王敦如何？」

宋答說：「王敦和將軍相比，一個是田舍，一個是貴人。」謝尚姿態妖冶，一副貴族子弟妝飾，所以宋禕喜歡他。

宋禕是綠珠的弟子，姿容秀麗，善於吹笛，曾是石崇金石園中的婢女，後入宮，賜給阮孚，又歸王敦，再歸謝尚。

郗鑒有三個矛盾

卞壺說：「郗鑒身上有三件事相矛盾。事上方正，卻喜歡部下諂媚自己，這是第一件矛盾。修身清貞，對別人則大事計較，這是第二件矛盾。自己喜歡讀書，卻討厭人家讀書，這是第三件矛盾。」

第二流中的高手

世人評論溫嶠，說他是「渡江名士中第二流之矯矯者」。

溫嶠為之耿耿於懷，每次聽人評論人物，當第一流快要談完的時候，溫嶠總是臉色很難看。

布衣宰相可恨

何充做宰相時，人家譏笑他所任用的人太過庸雜。

阮裕聽了，慨然說道：「何充自不至如此。但是他以布衣超居宰相之位，未免太可恨！這樣的話，我輩將在何處討生活？」

魏晉時期，世族寒門的界限很嚴。所以阮裕才會這樣咬牙切齒。

阮裕兼四大名士之美

當時人稱道阮裕：「骨氣不如王羲之、簡秀不如劉惔、溫潤不如王濛、思理細緻不如殷浩，但兼有四人之美。」

我與我周旋

桓溫少年時，和殷浩齊名，常有競爭之心。

有一次，桓溫問殷浩：「你我相比如何？」

殷浩說：「我和我自己周旋多年，我還是寧願做我。」

我們都是第一流

桓溫到京師來，問劉惔：「聽說最近會稽王清談極有進步，真的是這樣嗎？」

劉惔說：「不管他怎樣進步，都是第二流而已。」

桓溫問：「那麼誰是第一流？」

劉惔說：「我們都是第一流。」

殷浩撿竹馬

簡文輔政時，引殷浩做揚州刺史，以對抗荊州刺史桓溫，桓溫根本就不把殷浩放在眼裡。

殷浩兵敗被廢以後，桓溫對左右說：「殷浩小時候和我一起騎竹馬，每次我一丟掉，他就去撿起來。這樣的人，哪能比我強！」

寧為管仲

王珣問桓玄：「商紂無道，把箕子留下來做奴隸，比干苦諫而被殺。這二人用心相同，但做法不同，不知道你認為誰對誰錯？」

桓玄說：「這二人都被稱為仁人君子，但我寧可做管仲，不做箕子，也不做比干。」

劉惔理勝，王濛辭勝

劉惔到王濛家清談，那時王脩才十三歲，靠在床邊聽。

劉惔走後，王脩問：「阿爸，你們談得怎樣？」

王濛說：「辭色優美，聲調好聽，他不及我。但是，話一出口，便命中要害，我又不如他。」

桓溫不喜人學舌

有人問桓溫：「謝安和王坦之二人優劣如何？」

桓溫正想說，忽又住口不語。一會兒才說：「你這人喜歡學舌，我不能再告訴你。」

死活人和活死人

庾冰說：「廉頗、藺相如雖然死了千年以上，但懍懍有生氣。曹蜍（ㄔㄨˊ chú）、李志雖然活在現代，卻奄奄一息如死人。假使人人都如曹、李一般魯鈍，天下雖可結繩而治，但到頭來恐怕都被狐狸吃光了！」

嵇公要勤著腳

郗鑒問謝安：「支道林法師清談，比起嵇康如何？」

謝公笑道：「那嵇康要趕緊加快腳步，才能逃得掉。」

又問：「殷浩比林法師怎樣？」

謝公說：「殷浩滔滔不絕，林法師很難有開口的機會；但林法師一開口，神機妙悟，殷浩便難以招架。」

謝安人情難卻

謝安受庾亮提拔才下山，後來王獻之問他：「林法師比庾公如何？」

謝安很不願回答，過了一會兒才道：「前賢完全沒有評論過，我想庾公自是壓倒林公吧！」

吉人之辭寡

王徽之兄弟三人找謝安閒話。王徽之、王操之多談俗事，王獻之則只寒暄一下而已。

三人離去後，坐客問謝公：「剛才三兄弟如何？」

謝公說：「小的最好。」

客人說：「怎麼知道？」

謝公說：「吉人之辭寡，躁人之辭多。」

外人哪得知？

謝安問王獻之：「你的書法比起尊父如何？」

王獻之說：「我們父子的書法本來就不相同。」

謝公說：「外人的評論可絕不是這樣哪！」王說：「外人哪裡知道！」

王獻之是大書法家王羲之的兒子。獻之善於隸書，字畫秀媚，妙絕時人。

相如瀟灑

王徽之、王獻之兄弟共讀嵇康的《高士傳》。王獻之特別欣賞「井丹高潔」的故事，王徽之卻說不如「相如慢世」的好。

井丹博學高論，披褐遨遊。當時宦官在朝廷氣燄凌人，對井丹卻禮遇有加，任其去來。

司馬相如文才高妙，見富人卓王孫的女兒文君新寡，便以琴音挑逗她。文君便私奔相如。卓王孫大怒，不肯資助他們結婚。相如便在臨邛開設一家小酒店。文君當壚，相如穿著犢鼻褌洗滌碗碟，瀟灑不拘。

「相如慢世」，慢世指灑脫不拘。

犢鼻褌，是一種短褲，原是賤者之服。魏晉名士夏日喜穿犢鼻褌，表示灑脫。

韓伯門庭蕭寂

有人問袁恪之：「殷仲堪比韓伯如何？」

袁答道：「對於義理的領略，二人不分高下。但韓伯門庭蕭索，寂無車馬跡，居然還是不滅名士風流，這點殷仲堪不及韓伯。」

後來，殷仲堪作韓伯誄文說：「荊門晝掩，門庭晏然」，也是深自感愧。

王楨之胸有成竹

桓玄做太尉，大會朝臣。眾人剛剛落座，桓玄便問王楨之：「我比你家七叔如何？」王楨之是王徽之的兒子，他的七叔便是王獻之。當桓玄這樣突兀一問的時候，眾人無不屏息，暗暗為楨之捏一把冷汗。

王楨之卻徐徐答道：「家叔乃是一時之標，公是千載之英，豈能相比！」四座為之欣然。

樝梨橘柚，各有其美

桓玄問劉瑾：「我比謝安如何？」

劉瑾答說：「你是高峻，謝安深沉。」

又問：「比賢舅子敬（王獻之）如何？」

劉瑾說：「樝（ㄓㄚ zhā）梨橘柚，味道不同，但都可口。」

「樝梨橘柚」是《莊子》裡的典故。樝子即山楂，是一種又酸又甜的果子。

伊窟窟成就

王坦之雅貴有識量，有人把他比做謝玄。

謝玄聽了，說道：「伊窟窟（ㄎㄨ kū）成就。」意思是說他的成就十分突出。

竹林無優劣

謝遏諸人，共同討論竹林七賢的高下。

謝安知道了，便說：「前輩全不褒貶七賢。」意思是講：你們不要信口雌黃。

規箴篇第十

東方朔妙計

漢武帝的乳母，有一次犯了罪，武帝想治她。

乳母趕緊向東方朔求救，東方朔說：「這件事不可使用口舌來解決。如果要寄望於萬一，待會兒聖上找妳去問話，當妳要離開的時候，不妨頻頻回顧，但須切記：絕對不要說話。」

乳母去見武帝，東方朔正站在旁邊。他故意對乳母說道：「妳真糊塗！聖上哪能記得小時候妳給他吃奶的事呢！」武帝一聽，頓覺不忍，當下便赦免了乳母。

京房以古喻今

京房是研究《易經》的大學者。

有一次，他和漢元帝討論往事，問元帝說：「周幽王、厲王為什麼會滅亡？他們任用的是些什麼人呢？」

元帝說：「他們任用的人不忠。」

京房說：「既知不忠，又為什麼要任用呢？」

元帝說：「亡國之君，都自以為所任用的都是賢人，哪裡會知道他們不忠？」

京房一聽，立刻走前來向元帝叩頭說：「惟恐後人看我們現在，也就像今天我們看古人一樣啊！」

陳元方大喪蒙錦被

陳元方遭遇大喪，哀毀骨立。他的母親在他睡覺的時候，偷偷給他蓋上錦被。

這時候，郭泰剛好前來弔喪。郭泰一見，便說：「你們陳家負四海重望，一言一行，都有人在注意，為什麼今天遭遇大喪，還蓋上錦被。孔子說過：『衣錦食稻，於汝安乎！』」說罷，拂袖而去。

自此以後一百多天，陳家沒有賓客上門。

陸凱面折孫皓

孫皓問丞相陸凱：「你們宗族在朝廷做官的共有多少人？」

陸凱答說：「二相、五侯、將軍十多人。」

孫皓說：「那真是繁盛的家族。」

陸凱答道：「君賢臣忠，那麼國家就會富強。父慈子孝，那麼家族就會繁盛。當今政荒民窮，岌岌可危，豈敢說是繁盛！」

陸凱耿介有大臣之風，以其宗族強大，孫皓拿他無可奈何。

管輅卜卦知機

何晏、鄧颺請管輅（ㄌㄨˋ lù）作卦，占他們是否能位在三公。管輅看了卦象以後，便引古為喻，勸他們要謹慎小心。

鄧颺一聽，便不耐其煩，說：「這不過是老生常談。」

何晏卻說：「預知先機，跡近神明，古人以為難；交淺而言深，引喻以為戒，今人以為難。管君能盡古今之難，豈可說是老生常談！」

衞瓘裝醉吐真言

晉惠帝做太子時，朝廷都知道太子痴愚，不能承大統，但一時難以向武帝明言。

有一次，武帝在陵雲台上和衞瓘（ㄍㄨㄢˋ guàn）一起喝酒。衞瓘便裝醉跪在地上，欲言又止。

武帝說：「你有什麼話要說嗎？」

衞瓘便又用手摸著床（暗指御座）說道：「可惜！可惜！」

武帝一看，終於明白了過來，就故意大聲說道：「你是真喝醉了吧！」

王衍秀才遇兵

王衍的妻子郭氏，笨拙暴躁，對金錢貪得無厭，常常非法圖利。王衍一時無奈她何。後來，王衍聽說京都大俠李陽是太原人，郭氏也是太原人，而郭氏很怕李陽。王衍便對太太說：「妳要再這樣下去，不但我不答應，李陽也不答應。」郭氏一聽，才趕快收斂起來。

拿開阿堵物

王衍好尚玄遠，對於自己太太的貪財好利，十分瞧不起。因此，在日常家庭生活中，他絕口不提「錢」字。

他的太太看在眼裡，很不服氣。有一天晚上，王衍睡覺以後，她就叫婢女把錢一串一串的繞滿整個床邊，使王衍下不了床。

第二天，王衍起床一看，見床的四周都布滿了錢，心中已知是怎麼一回事。便對婢女說：「舉阿堵物卻！」意思是說：「把這些東西拿開。」仍然不提「錢」字。

阿堵（ㄚ ㄉㄟˇ ā děi）是魏晉俚語。

王澄跳窗逃走

王澄是王衍的弟弟。當他十四五歲的時候，見嫂子郭氏對金錢貪圖無厭，並叫婢女在路上挑糞，心中很生氣，便用種種理由，出來勸阻。

郭氏一聽，勃然大怒，說道：「你媽臨死時，是把你交給我，不是把我交給你！」說著，就去拉王澄的衣襟，準備揍他。王澄力氣大，用力一掙，便跳窗跑了。

元帝斷酒

晉元帝渡江以後，仍然貪酗杯中物。王導常流淚苦勸，元帝最後才答應不喝。於是叫人斟酒一杯，元帝呷了一口便把杯子覆在地上，從此遂斷酒。

張闓私作都門

晉元帝時，張闓（ㄎㄞˇ kǎi）作法官，為了對付群小，便在自己所住的市坊牆上，私作一大門，以便隨時出入。當時坊市自有公門，不得任意作私門出入。

群小見張闓私作大門，早閉晚開，大為憤怒。便向州府控訴，州府不理。群小又去撾（ㄓㄨㄚ zhuā）登聞鼓喊冤，朝廷還是不受理。

有一天，太常賀循出門來到破岡，群小連名上訴。

賀循說：「我只是朝廷禮官，不關此事。」群小素知賀循方正，便又連連叩頭說：「太常若不受理，就再也沒地方控訴了。」賀不答，只叫他們暫時先離去。

張闓聽說群小向賀循控訴，心知賀循的脾氣必然會來過問。於是張闓叫人把私門毀了，並親自到方山附近去迎接賀循。

賀循說：「有一件事想和你私下談談。這事與我沒有什麼關係，只是看在你我情面上，我頗感惋惜。」

張一聽便謝罪道：「多蒙教誨，該門早已毀去。」

「登聞鼓」懸於朝堂門外，人民如有諫議，或有冤抑，可以擊鼓上聞，稱為登聞鼓。

「太常」是禮官，掌宗廟禮儀，不過問政事。

庾翼想做漢高祖

庾翼鎮荊州，據上流、擁強兵，便有野心。有一次，他私會群僚，問說：「我想做漢高、魏武，你們認為怎樣？」一時座上無人敢回答。這時，江虨正在座，便站起來說道：「望明公作齊桓、晉文之事，莫作漢高（劉邦）、魏武（曹操）。」

桓溫察察為政

桓溫鎮荊州時，謝尚在江夏。桓溫派羅君章前往江夏考察。羅到江夏後，完全不過問政事，只是到謝家去盤桓飲酒，過了幾天就回來了。桓溫問說：「江夏的事怎麼樣了？」

羅君章說：「不知明公以謝尚為何等樣人？」
桓溫說：「謝尚自是勝我多些！」
羅君章說：「那很好。所以我到江夏一無所問。」桓溫大為稱奇。

莫傾人棟梁

王導、郗鑒、庾亮相繼謝世以後，朝野憂懼。後來因為陸玩有德望，便拜他做宰相。陸玩作相後，大會賓客說：「朝廷用我作宰相，這是證明天下無人了！」這時有一個賓客，便拿起一杯酒，灑在梁柱上，祝告說：「柱子啊！不要倒了人家的棟梁啊！」
陸玩大笑說：「多謝你的好意！」

交情不終

王羲之和王脩、許珣相知。王、許二人死後，羲之對亡友的論議卻越來越苛刻。
孔嚴聽了便對羲之說：「從前你們三人在一起的時候，情好日密。現在王、許不幸早逝，你便對他們這樣批評。交情不終，令人遺憾。」羲之大為慚愧。

逃亡不忘玉鐙

謝安很愛謝萬，但心知謝萬將來必敗。

有一次，謝萬北征，在壽春大敗。當他要逃亡的時候，還到處尋找他的玉做的馬鐙（ㄉㄥˋ dèng）。

謝安當時隨行在軍中，見了謝萬一副狼狽的樣子，只輕輕地說道：「現在還急需這個東西嗎？」關切之情，溢於言外。

兄弟英才

王珣、王珉是兩兄弟。二人並為俊才，但王珉的聲望比王珣要高。

有一次，王忱勸王珣說：「你對於人倫的品鑒，雖然不壞，但又何必常與僧彌周旋？」

王珉字僧彌。

看人只見半面

殷顗病重，臥在床上，看人只能見半面。那時殷仲堪正想舉荊州之兵，東下石頭城。於是殷仲堪去探望殷顗，流淚話別。殷顗卻說道：「我的病自然會好，你自己多多保重吧！」

慧遠廬山講經

慧遠在廬山，年紀已老，仍講經不輟。弟子中有些懶惰的，遠公便對他們說：「我是桑榆之光，無力返照。你們像東升的太陽，應該大放光明哪！」說完，便又登座講經，辭色清苦。遠公的高足，見師父已如此吃力，為之感動不已。

紅綿繩纏腰

桓玄好打獵。每次出獵，旌旗長達五六十里。到達獵區後，便施兩翼包圍，自己則策馬如飛，不避高低。

桓玄打獵的時候，如果發現行陣不整，有鹿兔脫逃，便會大發脾氣，把左右參佐都用粗麻繩綁起來。

桓道恭和桓玄同族。每次追隨桓玄出獵，都用紅綿繩纏在腰上。

桓玄看了很奇怪，就問說：「你這是幹嘛！」

道恭答說：「你打獵喜歡把人綁起來，那麻繩這麼粗，上面又有刺，我怕受不了。所以自己預備了繩子。」

桓玄大笑，從此脾氣改了許多。

王緒、王國寶一狼一狽

王緒、王國寶以邪佞親幸，狼狽為奸。

王忱很看不過去，便勸告他們說：「你這樣氣燄炎炎，難道不怕獄吏之貴嗎！」

「獄吏之貴」是周勃的故事：漢丞相周勃，有一次被人告他謀反。文帝就下令把周勃交付廷尉審問。周勃入獄後，獄吏知他必死，動不動便來侵犯侮辱。周勃大吃不消，只好以千金重價收買獄吏。獄吏滿足以後，才教他用媳婦某公主作證，便可脫罪。周勃出獄以後，對家人嘆息道：「我從前只知帶兵百萬之威風，那知獄吏之貴如此！」

捷悟篇第十一

門上題「活」字

曹操作宰相的時候，有一天他親自去看相府施工的情形。他在大門前站了一會兒，在門框上題「活」字，一句話也沒說就走開了。

楊脩那時是相府的秘書。他一看，便叫工人把門改小。人問為什麼？楊說：「門中加活字，便是闊字。魏王是嫌相府的門太大了。」

一人一口酪

有人送曹操一瓶酪，曹操喝了幾口，便在蓋子上面題一個「合」字。眾人都不解。

楊脩一看，便把酪打開來，喝了一口，然後說道：「魏王叫大家一人一口酪，你們還等什麼！」

曹娥碑絕妙好辭

曹操有一次路過曹娥碑，見石碑背面題有「黃絹、幼婦、外孫、韲（ㄐㄧ jī）臼」八個字。他問楊脩說：「懂不懂。」

楊脩說：「懂」。

曹操說：「你先不要講，讓我想想看。」

騎著馬走了三十里，才說道：「我懂了。」於是叫楊脩把他猜的意思記下來。

楊脩說：「黃絹，色絲也，是個『絕』字。幼婦，少女也，是個『妙』字。外孫，女子也，是個『好』字。韲臼，受辛也，是個『辤』字。合起來便是絕妙好辭。」

曹操一聽，和自己的意思正好相符，便歎說：「我的天才不及你，相差三十里。」

《世說》原文：「我才不及卿，乃覺三十里」，「覺」是「較」的假借字。六朝人常常這樣用法。「較」是「差」的意思。辯，與「辭」同。

王導機悟

王敦引兵將入建康城，明帝令溫嶠燒斷城南的朱雀橋。溫嶠未斷。明帝一時大怒，左右莫不失色。

明帝下令，召集朝臣。溫嶠到後，一見明帝臉色，嚇得不敢向前謝罪。

這時，丞相王導剛剛進來，立刻脫了鞋子，跪在地上謝罪說：「請陛下息怒，使溫嶠得以謝罪。」

溫嶠乘機下跪，明帝臉色才逐漸緩過來。

郗嘉賓料事機先

郗愔（ㄧㄣ yīn）在京口掌握精兵。桓溫對他十分厭惡，愔仍不自知。郗愔有一次派人送一封信給桓溫，說要和桓溫共扶王室，恢復神州。使者在路上剛好碰到了郗愔的兒子嘉賓。

嘉賓把信拆來一看，大為吃驚，便把信寸寸毀去，另外代他老父作書一封，自陳老病不堪，請歸會稽休養。桓溫看了大喜，立刻把郗愔調往會稽，使他以山水自娛。

夙慧篇第十二

食糜亦可

有客人到陳太丘家夜宿，太丘使元方、季方去燒飯吃。二人升了火以後，聽見客人和太丘在廳上議論，便偷偷躲在一邊聽。過了不久，太丘問說：「飯煮得怎麼樣？」二人跑去一看，飯已燒成稀爛，只好照實說了。

太丘也不責備，只是問說：「你們聽得懂嗎？」

二人說：「大致不差。」，然後爭相講述一遍。

太丘歎道：「能夠這樣有心，就算吃稀飯也不要緊。」

王宮不是何家

何晏的父親早死，母親尹氏十分端麗，被曹操選作夫人，因此何晏一直在宮中長大。

何晏七歲時，聰明秀麗，大為曹操所鍾愛，好幾次想把他收為自己的兒子。

何晏聽說曹操想把他收歸曹家，便在地上畫了一個方形的格子，自己坐在中間。

有人問他：「你這是幹嘛！」

他說：「這是何家的房子啊！」

曹操知道這事之後，心知何晏不肯，便把何晏送出宮中。

長安遠不遠？

晉明帝小時候坐在元帝膝上。有人從長安來，元帝便問些洛陽的消息，邊聽邊流淚。

明帝問說：「你為什麼哭呢？」元帝便把渡江的事說了。

然後，元帝故意問他說：「你知道長安和太陽，哪個比較遠嗎？」

明帝說：「太陽遠哪。只聽說有人從長安來，沒聽說有人從太陽那邊來，就可以知道了。」元帝很驚訝。

第二天，大會賓客，元帝把昨天的故事說了一遍，又故意再問明帝。不料明帝這回居然答說：「太陽近哪！」

元帝大驚，便問：「你怎麼說的話和昨天不一樣呢？」

明帝說：「我抬頭就看見太陽，卻看不見長安哪！」

既著短衣，不須夾袴

韓伯小時候，家至貧。有一次大寒，母親替他縫製了一件短衣，叫他拿熨斗來燙。

殷夫人對韓伯說：「你且先穿上短衣，改天再替你做夾袴（ㄎㄨˋ kù）。」

韓伯卻說：「阿母，我不須夾袴。」母親問為什麼？

他說：「我剛才拿熨斗，炭火在斗中，柄就熱了。今已穿上短衣，還須夾袴嗎？」

躁勝寒、靜勝暑

晉孝武帝小時候，冬天白日便穿單衣，夜晚就蓋上多重的棉被。謝安勸他說：「陛下這樣，白天太冷，夜晚太熱，不合養生之道。」孝武說：「夜裡很靜，心也很靜，就不會熱了。」

豪爽篇第十三

王敦鼓技捲人神魄

大將軍王敦小時候，像個田舍郎，說話也帶著南音，很讓人瞧不起。

有一次，晉武帝喚時賢共話技藝。大家都在七嘴八舌地湊熱鬧，王敦卻坐在一邊露出瞧不起他們的眼神。

武帝問他說：「你不喜歡這些嗎？」

王敦說：「我只會打鼓。」

武帝說：「好。」就叫人把鼓拿來。

王敦心中厭惡諸賢紙上談兵，自命高雅。當下便捋起衣袖，拿鼓槌舉上半空，突然淩空下擊，鼓聲綿密俐落，如天風海雨，捲人神魄，四座無不駭然快意。

放婢妾如放鴿子

王敦有一度極愛女色，身體為之勞悴。左右勸他不要這樣恣縱。

王敦說：「我竟不自覺啊！但這個好辦。」說罷，就把後院的門打開，請婢妾數十人上路，隨她們要去哪裡都行。

時人都歎服他的朗爽。

王敦酒後敲唾壺

王敦每次酒後，便高唱「老驥伏櫪，志在千里，烈士暮年，壯心未已。」一邊唱，一邊用如意敲打珊瑚唾壺作節拍，壺口都被打缺了。

祖約厲折阿黑

王敦將帶兵東下石頭城，先派使者入京，叫時賢好好各作準備，不要臨時後悔。

祖約一聽大怒，對著使者破口大罵：「你給我告訴阿黑（王敦的小字），少逞狂妄。叫他趕快回去。如果他不聽我的話，我立刻帶三千兵，用八尺的長矛送他上西天！」

庾翼意氣十倍

庾翼鎮荊州，常有北向中原之心。後來和朝廷幾經折衝，才得成行。

庾翼集荊州之精銳，大會於襄陽。當要出發的時候，庾翼向各將校親授弓箭，大聲說道：「我們這次出師，就像這枝箭！」說罷，向空中連射三發，意氣十倍。

桓溫怒擲《高士傳》

桓溫有一次在讀皇甫謐（ㄇㄧˋ mì）所作的《高士傳》。當讀到陳仲子的故事時，大怒，把書用力擲在地上，罵道：「哪能這樣苛刻，不近人情，真正豈有此理！」

原來，陳仲子的故事說：陳仲子是齊人，至貧。他的哥哥做宰相，列鼎而食。仲子認為不義，便去吃野草。

有回去看母親，母親煮鵝肉給他吃，正吃到一半，才知道這隻鵝是哥哥送的，便哇的一口把鵝肉吐在地上。楚王請他作宰相，陳仲子卻連夜逃去，替人種花灌園。

這個不近情理的故事，難怪桓公大怒！

桓鎮惡嚇走瘧疾鬼

桓石虔小字鎮惡，十七八歲時，小孩都已叫他「鎮惡郎」。

有一次，他在桓溫齋筵吃齋，齋後便隨桓溫北征。河南枋頭一役，桓溫大敗，車騎將軍桓沖被俘。

桓溫對石虔說：「你叔叔已落賊手，你知道嗎？」石虔大怒，帶兵上陣，拚死從萬軍之中把桓沖救了回來，三軍服其膽色。

此後，河朔地區便以桓石虔之名斷瘧疾。俗傳瘧疾的鬼很小，害怕巨人、君子，所以患瘧疾的人，只要叫一聲：「桓石虔來」，瘧鬼便嚇跑了。

王胡之高唱〈九歌〉

王胡之在謝安家高唱《楚辭・九歌・少司命》：「入不言兮出不辭，乘迴風兮載雲旗。」

唱完後滿意地說道：「司命之神來去飄忽，乘風載雲，令人神往。」回頭一望，座上已無半個人影。

容止篇第十四

捉刀人乃真英雄也

有一次匈奴使者來拜見魏王曹操。曹操個子矮小，姿貌絕醜，自認為頗拿不出去，便叫崔琰（ㄧㄢˇ yiǎn）來代替。崔琰坐在榻上，眉目疎朗，鬚長四尺，極有威嚴。曹操替他跨刀，站在旁邊。

匈奴使者來參謁走後，曹操派間諜問說：「你看魏王怎樣？」

使者說：「魏王名望甚好，但依我看，床頭捉刀人乃真英雄也！」

魏王聽了，立刻派人追殺匈奴使者。

何晏面如傅粉

何晏姿貌秀麗，面白如傅粉。魏文帝有點懷疑。有一次，在夏天的時候，文帝故意給他熱湯餅吃。何晏吃了以後，滿身大汗，便拿袖子去擦臉，越擦臉色越是晶瑩。

嵇康蕭蕭肅肅

嵇康身材高大，風姿特秀。

山濤說：「嵇康像是一棵孤挺的松樹。當他大醉的時候，便像一座玉山似的倒了下來。」

王戎視日不眩

裴楷說：「王戎眼神清澈，如碧巖下的一道白光。」

絕美絕醜

潘岳姿容秀美，少年時，常衣著華麗，挾彈弓出洛陽道上，婦人、少女遇到他，莫不連手把他環抱起來。

左思容貌絕醜，也想模仿潘岳挾彈遨遊，但婦人都對他亂吐口水，弄得左君只好一陣悲憤，落荒而走。

王衍手指晶瑩如玉

王衍姿貌妍麗，妙於清談，他手上常拿著白玉柄的拂塵。他的手指瑩白如玉，看上去和白玉柄沒什麼分別。

裴楷粗服亂髮皆好

裴楷姿貌俊逸，無論粗服、亂髮都好看。時人說看見他來，如在玉山上行走，光彩映人。

劉伶土木形骸

劉伶身材矮小，形貌絕醜。但他悠然自得，常以為天地太狹窄。

衛玠先天不足

王導見了衛玠，說道：「居然這樣苗條，雖然整天服寒食散調養，仍然像是不堪羅綺。」

不堪羅綺，是說穿上最薄的羅綺，仍覺不勝負荷。

庾冰腰圍壯闊

庾冰身長不滿七尺，但腰圍壯闊，肚子像山崩似的垂掛下來。

看殺衛玠

衛玠素有「璧人」之稱，有一次他從南昌去石頭城，城中人久聞其名，一時前來觀看的民眾竟圍成人牆。

衛玠本就先天不足，苗條秀娟。當他被人牆圍住以後，不堪勞累，回去不久就病死了。那時人便相互傳說「把衛玠看死了。」

庾亮丰采如玉

蘇峻在歷陽山頭作亂，引兵逼石頭城。這是庾亮一時粗心所引起的變故。所以，城破之日，溫嶠勸庾亮和他共同投奔荊州刺史陶侃處求救，庾亮便深有戒心。

二人到荊州後，溫先去見陶公，陶公怒說：「蘇峻作亂，諸庾要負責任，現在雖然殺了庾家兄弟，還不足以向天下人謝罪！」庾亮聽了這消息，惶恐無計。

隔了幾天，溫嶠又來勸庾亮：「傒狗（陶公小字）的脾氣我摸得很清楚，你不必害怕，明天跟我去，包你沒事。」於是，庾亮只好硬著頭皮去見陶公。陶公一見庾亮姿采，頓然改觀，說道：「庾公也來拜陶某嗎？」

王恬才貌不相稱

王恬姿容美秀，有一次前往問候王丞相起居。

王導拍著他的肩膀說：「阿奴可愛，只恨才不相稱。」

杜乂神仙中人

王羲之見了杜乂（ㄧˋ yì），歎服著說：「面如凝脂，眼如點漆，真神仙中人！」

有人說王濛亦形貌清澈，蔡謨卻說：「只恨那些人沒有見過杜乂。」

桓公鬚如反猬皮

清談名家劉惔見了桓溫，大為歎賞，說：「桓公鬚如反猬皮，眉如紫石稜（ㄌㄥˊ léng），自是孫仲謀、司馬宣王一流的人。」

孫權字仲謀，司馬宣王指司馬懿。二人都是有大野心的人物。

支道林形貌醜異

王濛有一次病了，無論親疏，一律不准通問。忽然守門人來報告說：「門外有一異人，不敢不報！」王濛笑道：「此必林公來了！」

天際真人

桓溫說：「謝尚在北窗下彈琵琶，使人作天際真人想。」

不復似世中人

王濛有一次大雪中造訪王洽。王洽遠遠望見，歎道：「此人已不像是塵世中人！」

自新篇第十五

周處除三橫

周處少年時，凶橫霸道，常侵暴吳興鄉里。吳興附近的義興，山中有一隻惡虎，水中有一隻蛟，出沒無常，傷害人畜，當地人把他們合稱做「三橫」——三個凶暴的傢伙。

周處聽說附近有虎、蛟，頗侵占自己的地盤，便去尋他晦氣。先入山刺虎，再下水斬蛟。當他已殺虎之後，下水和蛟惡鬥，三天三夜不曾上岸，居民奔相走告，以為周處必與蛟同歸於盡。不料三天後，周處居然殺蛟登岸，民眾大駭，紛紛走避。

周處到了中年，見鄉里無不怕他，而吳郡大族的陸機、陸雲卻受人敬仰，望重江南，一時頗有悔意，於是逕往陸家尋機、雲兄弟。

周處見了陸雲，嘆息道：「我從前以為人人怕我，我便是英雄，今已知過，奈何歲月已逝！」

陸雲說：「丈夫只患大志不立，如果立志堅定，何愁不有建樹！」周處大喜，下拜，後遂成豪傑。

戴淵投劍折節

戴淵少年時，經常帶凶器橫行江淮一帶，攻掠商旅。

有一次，陸機赴洛陽，行裝豪麗。戴淵一見，說是肥羊來了，便叫手下少年動手。陸機在船頭，見岸上有一豪士，高據胡床上，鋒穎逼人，那人指揮惡少，定力十足。陸機大聲喝道：「兀，那個鳥，既是英雄，又怎麼做這路買賣！」一句話觸動戴淵心事。

戴淵便向陸機走來，說道：「若蒙不棄，我便折劍下山。」二人遂訂交。

陸機後來推薦戴淵在洛陽做官。渡江以後，戴淵官拜征西將軍。

投劍是指棄劍；折節是指改變從前的行為。

企羨篇第十六

王導超拔

王導拜司空以後，有一天桓溫故意梳了兩個髮髻，穿上葛衣，裝作百姓模樣，拿一枝手杖，在路邊偷看王導的丰采。

桓溫讚歎道：「人說阿龍超拔，阿龍自是超拔！」

王導小字阿龍。

〈蘭亭集序〉比作〈金谷詩序〉

王羲之的〈蘭亭集序〉完成後，有人拿來比做石崇作的〈金谷詩序〉；又把羲之比作金谷園主石崇，羲之聽了，大有得意之色。

傷逝篇第十七

弔客作驢鳴

王粲字仲宣，生前好聽驢鳴。當他死了以後，文帝曹丕親率賓客送葬。下葬之後，文帝回顧往日舊遊嘆道：「仲宣生前好聽驢鳴，今不幸早逝，諸君何不各作一聲驢鳴以送行！」

於是赴弔賓客一一作驢鳴。

竹林已成夢

王戎做尚書令的時候，有一天公服乘車，路過黃公酒壚，那時嵇康、阮籍已相繼謝世。王戎觸景傷情，便回頭對人說道：「往日常和嵇叔夜、阮嗣宗在此酣飲。自二公謝世以來，為俗事所纏，已多時不遊此地，竹林舊夢，已不可尋。」

嵇康字叔夜；阮籍字嗣宗。

諸君不死

孫楚有才情，一生只推服王濟。王濟死的時候，賓客都來送葬。孫楚後到，臨屍慟哭，赴客為之揮淚。孫楚哭後，又對靈床祝道：「生前你最喜聽我作驢叫，我現在叫最後一次為你送行！」說罷便作驢叫，動作逼真，弔客忍不住一起笑了起來。

孫楚眼珠一瞪，罵道：「就是因為你們這些人不死，武子才會早死！」

王濟字武子。

情之所鍾

王戎喪幼子。山簡前往慰問，見王戎悲不自勝，便說道：「孩抱之物，何至於此！」王戎歎道：「聖人忘情，最下不及於情。情之所鍾，正在我輩。」山簡聽了，為之悲慟不已。

衞玠改葬江寧

衞玠在永嘉六年死的時候，葬在南昌。

咸和時期，王導說：「衞玠風流名士，海內仰望，自當修三牲之禮，予以遷葬。」於是改葬江寧。

故物長在

王濛臨死前，在燈下不斷轉動拂塵，依依不捨，嘆道：「我竟活不過四十歲！」說罷，氣絕。

劉惔與王濛是至交，二人靈犀相通。臨殯，劉以犀柄塵尾一支插入靈柩，身子一仰，便昏倒在地。

知己只有一個

支道林和法虔是同學，二人情誼相通。法虔死後，林法師便不再說話。只是有一次嘆息道：「郢人去世，匠石便拋了斧頭，終身不再用它。今契友既亡，中心蘊結，我恐怕也將不久人世了！」過了一年，林法師便下世了。

「匠石廢斧斤」的故事，見《莊子・徐無鬼》。有一次，郢人在刷白灰的時候，有一滴白灰落在鼻尖上，便叫身邊的匠石拿斧頭把灰砍掉。匠石運斧如風，把白灰砍得乾乾淨淨，郢人一動也不動。後來宋元君把匠石找來，說道：「我把白灰塗在鼻尖上，讓你砍一砍，好不好？」匠石說：「不行。自從郢人死後，我早就把斧頭丟了。」

林法師墓木已拱

支道林死後，葬在石城山上。

有一年，戴逵路過林法師墓，見高墳荒涼，不覺嘆道：「你的德音還在人間，墓木卻可合抱了。只望你的英靈長在，不要和氣運一起消失啊！」

人琴俱亡

王徽之、獻之二兄弟，一起病重，而獻之先死。

徽之知弟已去，便要求坐車去奔喪。

獻之生前喜歡彈琴，這把琴就放在靈床上。

徽之來到，並不哭，只直上靈床，取琴便彈。弦既久已不調，徽之一撫便嘆道：「子敬、子敬，人琴俱亡！」說罷，把琴一拋，慟哭失聲。

過了一個月，徽之便也謝世。

棲逸篇第十八

登蘇門山長嘯

阮籍善嘯，聲聞數百步之外。

有一次，他聽採樵的人傳說，蘇門山（太行山）中有真人，便獨自前往看看。到了山中，果見一異人蹲在巖前。阮籍就和他相對蹲在那裡。

阮籍先是開口談些黃帝、神農的故事，再談些三代的盛德，那人一概不答。於是便談些導引服氣之術，那人竟看也不看阮籍一眼。

這時候，阮籍蹲在地上突然引聲長嘯。過了許久，那人才笑說：「你再嘯。」籍便宛轉作嘯，至興盡為止。

阮籍見那人還是不講話，便拔腳下山。剛到半山腰，嶺上唒（ㄐㄧㄡ jiū）然作響，林谷迴應，像好幾部鼓吹一樣。阮籍抬頭望去，正是那人在長嘯不已。

孫登保身之道

嵇康在汲郡的一座山中，遇見道士孫登，便和他盤桓數日。

嵇康臨走，孫登對他說：「君才情罕見，可惜保身之道不足。」

孔愉自箴自誨

孔愉入臨海山修道，常獨寢獨嘯，自箴自誨。

百姓以為他有道術，生前便為他立廟，稱為「孔郎廟」。

劉驎之讀史傳自娛

南陽劉驎之喜讀史傳，隱居陽岐山中。桓沖鎮荊州時，偶亦與他往來。

苻堅引兵窺江南時，桓沖派人請驎之助陣。驎之親自往見桓沖，自陳野人無所用。桓沖對他很敬重，贈物甚多，驎之一概不受。

驎之隱居之地，近路邊，往來人士，常投他家住宿。離驎之約百里之地，有一老嫗將死，說道：「大約近日只有驎之會來收埋我吧！」

范宣生不入公門

范宣一生不肯入公門。

有一次韓伯和他同車，想故意誘他入郡中公府，范宣便趁韓伯不留意時，從車後溜了。

戴逵不作王侯伶人

戴逵隱居東山，以琴書自隨。他阿兄戴遯（ㄉㄨㄣˋ dùn）則立志功名。

謝安說：「你們兄弟，志業何太懸殊？」

戴逵說：「下官不堪其憂，家兄不改其樂。」

賢媛篇第十九

昭君不屑賄賂畫工

漢元帝的宮女很多，便叫畫工一一畫下來。如果要找哪個宮女，只要看圖挑選就可以了。因此，宮女多賄賂畫工，希望把自己畫得好看些。

宮女之中，有個叫王昭君的，姿貌秀麗，不肯出錢賄賂，畫工就把她畫得很醜陋。後來，匈奴求和親，元帝按圖一看，便叫昭君出嫁。臨行，昭君向漢元帝辭別。元帝一見大為憐惜，但名字已定，不好再改，於是昭君便嫁給了呼韓邪單于。

班婕妤不佞鬼神

漢成帝寵幸趙飛燕，飛燕妒忌班婕妤，便向成帝進讒，說班婕妤用厭勝咒詛皇上。

班婕妤被收捕拷問時，她坦白說道：「如果鬼神有知，他會接受我這樣邪惡的祝告嗎？如果鬼神無知，我向他祝告又有何用？所以我絕不做這樣的事。」

「厭勝」是一種蠱道邪術。

不做好、不為惡

趙母嫁女，臨別的時候，對女兒說：「妳嫁出去以後，不要做得太好，太好人家會嫉妒妳。」

女兒說：「不要做太好，便做壞一點嗎？」

趙母說：「壞事又哪能做呢？」

趙母的話可以發人深省。壞事不能做，好事也不能做得太好。

君只好色而已

許允娶妻阮氏，容貌奇醜，因此夫妻交拜完畢，許允便逃出洞房，不肯進去。

這時候，剛好桓範來訪。桓聽說許允不敢回洞房，大笑，然後說道：「我想阮家既把這樣醜的女兒嫁給你，其中必有深意。」許允被他一言說動，殊感好奇，便入內探視。

許允剛一進去，見婦人實在太醜，拔腳便想退出來。婦人知道許允這一走，九牛都拉不回，便用手一抄，把許允的衣襟捉住了。

許允一看，逃不掉了，靈機一動，便道：「婦有四德，妳有哪樣？」

婦人說：「除了婦容以外，樣樣都有。但士有百行，你有哪樣？」

許允便賴皮道：「樣樣都有。」

婦人說：「休來騙我。百行以德為先，你只好色而已，何謂樣樣都有？」許允答不出話來，只好服了。

許允婦保子有方

許允被司馬景王所收捕，門人告其婦阮氏。阮氏正在織布，神色不變，說道：「我早知會有此事。」

門人想把她的孩子們藏起來。阮氏說：「不用了。」

不久，景王派鍾會來看許允的兒子，看起來每個都不是很聰明。

鍾會回報，景王便說：「放了他們吧。」

其實許允的兒子並不是不聰明，而是他們的一言一行，阮氏早就暗中叮嚀過了。

山濤妻夜窺嵇阮

山濤和嵇康、阮籍一見面，便臭味相投。

山公之妻韓氏感覺山公和嵇、阮的交情，頗不尋常，便說：「我可以看看他們嗎？從前負羈之妻，不也親自看過狐、趙嗎？」

山公說：「好。」

過了幾天，嵇、阮二人來訪，韓氏叫山公留他們下來過夜。韓氏親自下廚準備酒菜，然後偷偷觀看他們的舉動。那天晚上，只見他們杯酒交歡，清談不倦，直到東方既白。

第二天，山公問韓氏：「怎麼樣？」

韓氏說：「那兩個人才情太高，非你所及，只能用你的度量和他們周旋。」

山公說：「是呀，他們常說我的度量好。」

「負羈觀狐趙」的故事，見《左傳》。晉公子重耳帶著狐偃、趙衰（ㄘㄨㄟ cuī）流浪到曹國，僖負羈之妻說：「我看晉公子身邊的那兩個隨從，都可以做宰相啊！」

王渾之妻相人有術

王渾之妻鍾氏，生了一個女兒很賢淑，王濟想替這個好妹妹找個對象出嫁。剛好有個兵家子，才情高雅，王濟便向母親報告。鍾氏說：「如果真正有才，門第寒微也沒關係，但一定要讓我親自看看。」

後來鍾氏看那兵兒果然拔萃，但骨貌不是長壽相，便說：「可惜，可惜。」不把女兒許他。

過了幾年，那兵兒真的死了。

娃兒取水可觀

王袒之子王湛，從小有點糊塗，他的父親認為他的婚事可能會有困難，便說：「你自己隨意挑選好了。」

不久，王湛說：「我想娶郝普的女兒。」郝家門庭孤陋，本配不上他們太原王氏，但王袒還是答應了。

郝女過門以後，不但姿貌好，而且非常賢淑。有人便偷偷地問說：「你當時是怎麼挑選的？」王湛笑說：「我看她在井上打水的背影就知道了。」

李重有女叫「絕」

李重是江夏名士，時人比作王衍。

趙王倫篡位時，孫秀做尚書令，想殺人立威，便說：「樂廣名望太高，不可殺；李重江夏名士，也不可殺。但聲望比李重低的，殺了又有什麼用？」於是決定逼李重自殺。

李重在家，忽然有人來，從髮髻中拿出一分短信給他看。李重知道有事，入內把信交給女兒看，女兒看了只是叫「絕」。李重明白了，便自裁而死。

李重的女兒，自小聰慧。李重視之如掌珠。

周浚行獵遇奇女

周浚作揚州刺史時，有一次出外行獵，遇上暴雨，便就近造訪汝南李氏家。

李氏是富豪。周浚來時，剛好男子不在，李女名絡秀，聽說有貴人來訪，便親自指揮婢女殺豬宰羊，作數十人的飲食，屋內靜悄悄不聞人聲。

周浚偶然向窗中一望，見一女子狀貌非常人，心中暗暗稱奇。

周浚回去後，便向李氏提親，要求那女子作妾。絡秀父兄不肯答應。絡秀便說：「我們李氏門望既低，不如便與他們貴族聯姻，將來也好有個照應。」李氏父兄只好答允了。

李女嫁給周浚後，便生下周顗兄弟。有一天，她對周顗兄弟說：「當初我所以嫁過來，只是為我們李家門戶做打算，將來你們如果不把我們當親家，平等往來，那我就自殺好了，沒什麼值得再活下去的。」周顗兄弟連連點頭。

所以，李女在世時，周、李二家，便公開地平等往來。

陶侃之母賣假髮

陶侃少有志，但家極貧。

有一次，郡孝廉范逵來訪，馬僕甚眾。陶公一時無計接待。

陶母湛氏說道：「你自去留客，一切由我來辦。」陶公便自去和范逵周旋。

湛氏髮長委地，叫人截下來做成兩付假髮，賣了做米錢。把房子的柱子砍下一半做柴火。把墊子下的稻草拿來做馬草。到了晚上，總算張羅了一餐精美的晚餐。

范逵在陶家，既蒙厚意，第二天又見陶侃送他到百里之外，范逵便覺得深欠陶的人情。於是到了洛陽，范就向顧榮諸名士推薦，由是陶侃聲望才顯。

我見猶憐，何況老奴！

桓溫娶南康公主，性子凶妒，使他頗吃不消。

後來桓溫帶兵平蜀，一見李勢之妹，驚為天人，偷偷把她娶來做妾，叫她住在後齋。

最初，公主還蒙在鼓裡。不久，她聽見風聲，氣得咬牙切齒，便吩咐了幾十個婢女，各挾白刃前往。公主到了後齋，向窗中一望，只見李女正在梳頭。

李女頭髮很長，拖到地上，十指如玉，在緩緩結髮。她見公主來了，不慌不忙說道：「我已家破人亡，活著也無生趣，妳要殺我，便請動手吧！」公主見了她的模樣，已看呆了，再聽到她的聲音，便忍不住刀子一拋，把她抱住，說道：「阿子，我看到妳就喜歡，何況是我家老奴才！」

「阿子」是女子親暱的稱呼。

謝安有婦難纏

謝安好聲色，妓妾日新月盛。

有一天，謝公和諸子姪正在看妓妾舞蹈，夫人劉氏走過來對謝公說道：「看多了有傷令德。」說著便把帷幕拉上，無論如何就是不開。

謝安一見風頭不對，就閉口不說。諸子姪興趣正濃，便一起勸道：「〈關雎〉有不妒之德。」

劉夫人一聽，諸子姪竟教訓起自己來了，便問道：「〈關雎〉是誰作的？」諸子姪說：「是周公作的。」劉夫人道：「好哇！周公是男子，當然要說女人不妒最好。如果〈關雎〉是周婆作的，她還會這樣說嗎？」諸子姪不能答。

劉夫人走後，謝公把舌頭一伸，悄悄說道：「難纏！難纏！」

桓沖只好領家教

桓沖有個毛病：不喜歡穿新衣服。

有一天，他洗過澡後，婦人送來新衣服。

桓沖大怒，說道：「拿回去！」婦人只好收了回去。

過了一會兒，婦人叫婢女把新衣服又送了回來，並對他說：「夫人剛才在生氣，她說衣服不經新，怎麼會變舊？」

桓沖一聽有理，只好大笑把新衣穿上了。

韓母不厭舊物

卞鞠討厭舊桌子，桌子一舊便換新的。

有一天，他看見韓伯的母親靠在一張又舊又破的桌子上，便說：「為什麼不換新的呢？」

韓母說：「舊東西都扔光了，古物從哪裡來呀！」

術解篇第二十

阮咸神解

荀勗（ㄒㄩˋ xù）善解音律，時人稱為「闇（ㄢˋ àn）解」。每次朝廷作樂，都由他調節宮商，無不諧韻。

阮咸對於音律，妙於鑑賞，時人稱為「神解」。每次朝廷作樂，阮咸心中都覺得不諧調。因此從來不曾說過荀勗一句好話。朝廷認為阮咸是心存嫉妒，就把他外放做始平太守。

後來，有一農夫在耕田時，拾得一支周朝的玉尺，便是天下正尺。荀勗拿玉尺來校對自己所製的鐘鼓、金石、絲竹，都覺得短了一黍（一黍米的長度）。自此，不得不拜伏阮咸神識。

荀勗吃車軸飯

荀勗有一次和晉武帝一起吃筍進飯，對人說：「此是勞薪炊也。」座上人都不相信。晉武帝暗中派人去問，回答說：「確是用舊車軸燒的飯。」

「勞薪」指車軸，因為車軸旋轉不息，所以稱為勞薪。「勞薪炊」是《左傳》裡的故事。師曠有一次和晉平公一起吃飯，他說：「這是勞薪爨。」晉平公派人去問，果然是用車軸燒的飯。

羊公折臂

有人相羊祜父親的墳墓，說：「應出真命天子。」

羊祜認為不祥，便叫人把墓後龍脈掘斷。相風水的去看了看，又說：「至少還會出一個折臂三公。」

後來，羊祜鎮襄陽，因盤馬落地，折斷了一隻手臂。而且，羊祜的官爵果然位至三公。

郭璞占葬龍耳

晉明帝學過占冢、占宅術。

有一次他聽說郭璞為人占了一穴，就換上便服偷偷去看。

到了墓地，明帝問主人：「你們家怎會選上龍角？這種葬法會滅族啊！」

主人卻說：「郭璞說這是龍耳，不是龍角，葬在龍耳會招來天子。」

明帝說：「你是說會出皇帝嗎？」

主人說：「不是出皇帝，只會使皇帝來訪問而已。」

郭璞破震災

王丞相令郭璞試占一卦。
郭璞一看，氣色敗壞，說：「丞相有震災。」
王導便問：「可以消解嗎？」
郭璞說：「可用柏樹消解。」
於是，王導叫人砍下一根柏樹，和身材一樣高，放在床上。過了幾天，柏樹震成粉碎。
王敦知道了，說：「丞相的災是消了，柏樹卻無端遭了殃。」

別酒新術

桓溫有一秘書，最能辨別酒的好壞。有酒開瓶，就叫他先品嘗。好酒稱為「青州從事」，壞酒稱為「平原督郵」。

青州有齊郡。齊和臍同音。所以「青州從事」是指好酒，一喝就到肚臍。

平原有鬲縣。鬲和膈音相同（均為ㄍㄜˋ gè）。所以「平原督郵」是指壞酒，一喝到喉嚨就下不去了。

巧藝篇第二十一

陵雲臺斜而不倒

洛陽的陵雲臺結構精巧。先把要用的木材稱過，使銖兩悉稱，然後才建築。陵雲臺很高，經常隨風搖動，但絕不會傾倒。魏明帝有一次登上高臺，覺得很危險，叫人用大木材撐起來，使樓臺失去平衡，不久便倒塌了。

書賊畫魔

鍾會是荀勗的堂舅，二人感情不好。荀勗藏有一支寶劍，價值百萬金。這支劍放在母親鍾太夫人的身邊。鍾會書法很高妙，便偷偷模仿荀勗筆跡，寫信給鍾太夫人，把劍騙了過來。荀勗心知是鍾會所為，但是無法取回，便決心報復。

鍾會兄弟花了一千萬，蓋了一棟華麗的新宅，剛剛落成的時候，荀勗以他精巧的畫藝，偷偷跑到門堂裡，畫了一張太傅鍾繇（ㄧㄡˊ yóu）的畫像，衣著情態一如生前。鍾會兄弟進來，看到父親的畫像，大受感動，新宅便空下來沒有人住了。

顧愷之妙畫通靈

顧愷之的畫，妙絕一時。人也痴絕。

有一次，他把一畫櫥的畫，寄放桓玄家。櫥中都是他最得意的珍品，所以畫櫥上都有封籤。桓玄心知櫥中必非凡品，便很小心地把封籤剔開，把畫偷了，然後仔細地把封籤復原。

過了些時候，顧愷之把畫收回，見封題完好如初，便把書櫥打開一看，所有的畫通通不見了。顧愷之就對人說：「妙畫通靈，都飛掉了。」

又有一次，鄰家有一女娃兒，顧愷之很喜歡她，便去挑逗她。娃兒一扭頭跑掉了。顧愷之不死心，就把娃兒的像畫在自家牆上，用一根牛毛細針扎在娃兒心上。那娃兒果然每天心痛如刺。愷之偷偷和她要好，娃兒不敢不從。於是愷之把畫上的針一拔，娃兒的心就不再痛了。

謝安嘆息說：「顧愷之的畫，有蒼生以來，無人有此造詣。」

顧愷之畫三根毛

顧愷之畫裴楷，臉頰上加了三根毛。有人問說幹什麼？顧答道：「人家都說裴楷有識具，這便是他的識具。」有畫家細看這三根毛，果然有神。

坐隱和手談

王坦之說：「下圍棋是坐隱。」

支道林說：「下圍棋是手談。」

顧愷之飛白畫眇目

顧愷之喜歡畫人。有一次他要畫殷仲堪。仲堪眇（ㄇㄧㄠˇ miǎo）一目，便說：「不須麻煩了。」愷之道：「你身上特殊的就是眼睛哪！我只要明點眼珠，用飛白畫法，便像是輕雲蔽日一般。」

「飛白」指筆勢飛舉而筆畫中空；「眇一目」是指瞎了一隻眼。

謝鯤在巖穴中

顧愷之把謝鯤畫在巖石中，有人看了覺得很奇怪。

顧愷之說：「謝鯤自云『一丘一壑，自謂過之』，所以這種人最好把他放在巖穴裡。」

「一丘一壑」的故事，見本書《品藻篇》。

顧愷之不點目睛

顧愷之畫人，經常不畫眼珠，有人問：「為什麼要隔好多年才點眼珠呢？」

顧說：「畫人像，四肢美醜，不關神韻，傳神寫照，就在這一點。」

顧愷之畫「目送歸鴻」

顧愷之說：「畫手揮五弦容易，畫目送歸鴻就難了。」

寵禮篇第二十二

怕領乾薪的京兆尹

許詢在京都停留一個月，丹陽尹劉惔每天都去找他清談。

後來，劉惔嘆息說：「你再不走的話，人家要說我這個京兆尹領乾薪，不上班了。」

任誕篇第二十三

竹林七賢

阮籍、嵇康、山濤年紀一樣，加上劉伶、阮咸、向秀、王戎七人，常集於竹林下，肆意酣暢，清談不倦，世稱「竹林七賢」。

阮籍居喪

阮籍遭母喪，在晉文王座前飲酒、吃肉。

何曾便對文王說：「明公以孝治天下，豈能讓阮籍公然敗壞名教？應該把他放逐出去！」

文王說：「阮公哀毀骨立，你不替他擔心也就罷了，何必說這種話！而且服食五石散的人，必須照常飲酒、吃肉，這也是不違背喪禮的。」

阮籍對何曾的話不理不睬，只顧大塊吃肉、大口飲酒。

「五石散」見本書《賞譽篇》第八「庾琮服寒石散」條。

劉伶戒酒大醉

劉伶長年嗜酒，中了酒毒，向妻子要酒喝以解渴。

妻子便把酒瓶、酒杯搗爛，流淚勸說：「不要再喝了好不好？你一定要戒酒。」

劉伶說：「好吧！我聽妳的話。但是我自己控制不了，必須向鬼神發誓才戒得成。現在就請妳準備一副酒肉，讓我來祝告戒酒。」妻子便去備了酒肉，叫劉伶來發誓。

劉伶跪在地上暗暗說道：「天生劉伶，以酒為名。一飲一斛，五斗解酲（ㄔㄥˊ chéng）。妻子之言，慎不可聽。」

說罷，大吃大喝，等妻子出來一看，劉伶早已醉得不醒人事。

劉昶飲酒無品

劉昶（ㄔㄤˇ chǎng）好酒如命，品類混雜。

有人笑他，他卻說：「我自有道理。因為，酒量比我好的，我不能怕他。酒量和我差不多的，更須一拚。酒量比我差的，把他灌倒，也是一樂。所以無人不可喝。」結果是每天他都爛醉如泥。

劉伶脫衣醉酒

劉伶常喝酒放縱。

有一次酒後，乾脆把衣服都脫光，躺在地上，剛好被人看見了。

那人笑指劉伶亂來，劉伶卻說：「天地是我的房子，而這間房子就是我的褲子，我倒要問你，你鑽到我褲子裡幹嘛？」

阮咸大曬犢鼻褌

阮咸、阮籍住在道南，其他諸阮住在道北。北阮富有，南阮貧窮。民間風俗，七月七日曬衣物，不怕蟲咬。因此，北阮大曬衣服，掛出來的都是綾羅綢緞，阮咸卻用一枝特長的長竿高掛一條犢鼻褌。人家笑他，他說：「未能免俗，所以只好應應景。」

「犢鼻褌」見本書《品藻篇》第九「相如慢世」條。

方內和方外

阮籍喪母，裴楷去弔喪。只見阮籍正喝得大醉，披頭散髮，蹲在那裡。裴楷來了，放聲大哭，哭完了就走。

有人問裴楷：「弔喪從來都是主人哭，客人行禮。你現在怎麼反過來呢？」

裴楷說：「阮公是方外之人，當然不哭。我輩是俗人，所以代他哭。」

人種不可失

有一次，阮咸在姑姑家和一個鮮卑女娃睡在一起，兩情繾綣。

後來在他的母親喪事期間，姑姑搬家了。他姑姑本來說要把那個鮮卑娃兒留下來，但娃兒臨時不肯，堅持要一起走，只好帶著走了。

阮咸聽說那個娃兒跑了，便借了一匹驢子，穿著孝服就追，終於把她截住，一同坐驢子回來。時人對阮咸的怪異舉動大惑不解。

阮咸說：「人種不可失。」聞者失笑。

浮名不值一杯酒

張翰好酒，常沉醉不醒。有人說：「你不為身後打算嗎？」

張說：「身後浮名，不如眼前一杯酒。」

畢卓飲酒三昧

畢卓做吏部侍郎，盜飲公家酒，醉倒在酒罋邊，因此人贓俱獲，被免職。但他還是嗜酒如故。

他說：「人生只要一手拿蟹螯，一手拿酒盃，拍浮在酒池中，便無所求了。」

長江哪能不拐彎？

周顗和王導到紀瞻家觀伎，醉後周顗頗露醜態。

有人笑他不該亂來，周顗卻說：「長江萬里，哪能不拐彎呢！」

郡卒有餘智

蘇峻之亂，庾冰單身逃亡，遇一郡卒用小船載他出錢塘江口。那時蘇峻派人搜檢甚急，郡卒見情況不妙，便把庾冰用粗竹席罩住，登岸喝酒去了。一會兒，那個郡卒，手舞足蹈地爬上船來，嘴上不清不楚地說道：「誰要找庾公？庾公在這裡。」

庾冰嚇得半死，但不敢動。這時搜檢的人見那船極小，划船的人又已醉得東倒西歪，便放他走了。

庾冰脫身以後，很感激郡卒的機智，便問他有什麼心願。郡卒說：「我從小勞碌，沒什麼心願，如果能有美酒，醉他一年，就滿意了。」

庾冰便替他蓋了一棟房子，買了許多美酒貯在酒窖，並派些奴婢服侍他。

時人都說這個郡卒不但有急智，而且很通達。

洪喬投書沉江

殷羨字洪喬，陳郡人。

有一次他做豫章太守，出發前，郡人託他一百多封書函。

殷洪喬到了南昌章江門外十多里的石頭渚，便把書函統統投入水中，祝說：「沉者自沉，浮者自浮，殷洪喬不做送書郵。」

酒徒獨白

王蘊說：「酒，使人自我放逐。」
王薈說：「酒，引人入勝地。」
王忱說：「三天不喝酒，便覺形神不再相識。」
又說：「名士不須有奇才，只要常常得空痛飲，再熟讀〈離騷〉，便是名士。」
又說：「阮籍胸中的不平，只有用酒來澆。」

張、袁活死人

張湛喜歡在堂前種松柏。袁山松出遊，喜歡叫左右唱挽歌。當時人便評說：「張是屋下陳屍，袁是道上行殯。」

「挽歌」同「輓歌」。

竹癖

王徽之有一次暫住人家空宅，一抵達就叫人種竹子。

人家問說：「何必那樣麻煩呢？」王徽之說：「何可一日無此君！」

雪夜獨行舟

王徽之住山陰時，有一天晚上大雪，開門一望，便想起戴逵。徽之拿起酒來灌了幾口，就命駕出遊。

戴逵那時住剡溪，徽之以小舟載酒，雪夜獨航，走了一夜才到戴的家門口，到了門前，徽之掉頭便走。

人家問說：「何不見戴？」

徽之說：「興盡便走，何必見戴！」

桓伊吹笛無主客

王徽之在青溪渚下，遇見桓伊路邊過。那時二人還不相識。有人對徽之說：「那人便是桓伊。」徽之夙聞桓伊吹笛清妙，便叫人請他迴車。桓伊亦知徽之大名，便下車，高據胡床，自弄三調。奏完，上車便走。二人始終不交一言。

簡傲篇第二十四

自嘯自飲

晉文王功業既盛，每會集賓客，四座肅然。只有阮籍在時，常蹲在地上，自嘯自斟，旁若無人。

此君不可共飲

王戎、劉昶在阮籍家坐。阮對王說：「我有二斗好酒，待會兒咱們對飲，劉君那人卻沒有份。」於是搬了酒來，二人不亦樂乎。劉昶始終沾不到一滴酒，奇怪的是三人笑鬧如常。

有人問說：「怎麼這樣對待劉昶？」

阮籍說：「酒量比劉君好的，不得不與他們飲酒。酒量不如劉君的，不可不與他們飲酒。但是，只有劉君此人，可以不與他飲酒。」

嵇康打鐵

鍾會不認識嵇康。有一次他帶了一票名流去找嵇康，只見嵇康正在大柳樹下打鐵，向秀替他拉鼓風爐的風箱。

鍾會來了以後，嵇康只顧打鐵，不理不睬。鍾會也就一句話也不說，拔腳便走了。

嵇康說：「何所聞而來，何所見而去？」

鍾會說：「聞所聞而來，見所見而去！」

嵇康說你是鳳

嵇康和呂安相知，常在千里以外相會。

有一次，呂安去訪嵇康，不在，嵇康阿兄嵇喜出來接待。呂安卻不入門，只在門上題一「鳳」字便走。

嵇喜以為說自己是鳳鳥，很高興。後來才知道：鳳是「凡鳥」也。

王澄弄小鳥

王澄作荊州刺史，太尉王衍和時賢都來送行，滿布街道。

王澄見庭中有棵大樹，樹頂上有個鵲巢，脫了衣巾便爬上去找小鵲玩，玩了半天才下來。臨下樹時，褲子被樹枝掛住，他順勢一脫，便跳下來，臉不紅、氣不喘，時賢都說他「達」。

「達」，就是通達。

王謝子弟

謝安和謝萬西遊路過吳郡，阿萬說要去找王恬。謝公說：「他不一定會和你應酬，還是走吧！」

阿萬賴著不走，謝公便說：「你自去吧！」

謝萬見了王恬，王恬坐一下子就進去了。謝萬心裡暗高興，以為王恬要拿東西好好招待他。

但是，過了許久，王恬才出來。只見他披頭散髮，原來是洗頭髮去了。王恬出來後，也不坐下，逕往院子裡，高據胡床在曬頭髮，兩眼望著天空，對謝萬似早已忘記。

謝萬只好走了。謝公在船上，遠遠望見阿萬回來，便說：「怎麼樣？阿螭（ㄔ chī）不理你吧！」

王恬小字螭虎，當時做吳郡太守。

西山有爽氣

王子猷（徽之）作桓沖的參軍，每天蓬髮散帶，連自己作的是什麼官也不知道。有一天，桓沖對他說：「你來很久了，公事應該料理料理。」王子猷完全不睬，只是兩眼平視，拿版子放在臉頰邊，徐徐說道：「西山今早應有爽氣。」

「西山」用伯夷、叔齊故事。見《史記・伯夷叔齊傳》。夷、齊隱於首陽山，作歌云：「登彼西山兮，采其薇矣！」

阿萬只顧唱歌

謝萬北征，每天只顧唱歌，對將士不聞不問。謝安很擔心，便對他說：「你要多多接觸將士，不可只唱歌。」阿萬說：「好。」

謝萬把諸將找來，大眼瞪小眼，一句話也不說。忽然拿起如意向四座一指，說道：「你們都是勁卒。」這話一出口，諸將都咬牙切齒，原來軍中最忌諱「兵、卒」二字，謝萬當面呼叫，尤犯大忌。

不久，謝萬果然大敗，狼狽而走。軍中都想乘機除了他。謝公知道不妙，便說：「阿萬只當做隱士。」於是謝萬才逃得性命。

哪裡來的北佬？

王獻之從會稽路過吳郡。吳郡大族顧辟疆有一座名園，王獻之久聞其名，便想去一遊。王獻之來到顧家，剛好顧辟疆正在園中大會賓客。王獻之既不識主人，亦不肯通報，就坐了轎子直闖，他邊遊邊看，指指點點，一副目中無人的模樣。

顧辟疆見了，氣得七竅生煙，罵道：「哪裡來的北佬，放肆！」說著一股腦兒把他們趕了出去。王獻之卻賴在轎上不走。

過了一會兒，顧辟疆見獻之左右都跑了，沒有人來抬他，才叫人把他送出門外。這時候，顧辟疆也神情傲然，不屑和他交談。

排調篇第二十五

誰是俗物？

嵇康、阮籍、山濤、向秀四人在竹林內酣飲，雅興正濃。王戎後到，阮籍便說：「那個俗人又來壞人清興了。」王戎大笑，說：「諸君清興是這樣容易就壞的嗎？」

漱石枕流

孫楚少年時想去隱居，對王濟說：「當枕石漱流。」竟誤說成：「漱石枕流。」

王濟便說：「流水不可枕，石子不可漱。」

孫楚笑說：「所以枕流水，是想洗耳朵；漱石子，是想磨牙齒。」

有功勞就糟了

晉元帝生下太子，大宴群臣，每人賜給一件禮物。

殷洪喬向元帝致謝說：「太子誕生，自是普天同慶。可惜微臣對這件事並無半點功勞，竟蒙厚賜。」

中宗聽了笑道：「這件事你豈能有半點功勞！」

驢就是驢

諸葛恢和王導在爭論族姓排名先後。

王導說：「為什麼不說『葛王』，一定要說『王葛』呢？」

諸葛恢笑說：「譬如說『驢馬』，不說成『馬驢』。但驢就勝過馬嗎？」

鬼董狐

干寶作《搜神記》，都記些鬼故事。

有一天他和劉惔娓娓而談，劉惔聽了歎道：「你不愧是個鬼董狐啊！」

康僧淵山高水深

康僧淵目深鼻高，王導常常拿來取笑。

康僧淵說：「山不高就不靈，水不深就不清。」

老賊要幹什麼？

桓溫乘雪出獵，草草向王濛、劉惔打個招呼便走。劉惔見他來去如風，便問說：「你這老賊要幹什麼？」桓溫說：「我不去打獵，你們還能有空坐談嗎！」

買山隱居

支道林託人向深公（竺法深）買一座山。深公說：「哪有巢父、許由也買山隱居的呢？」

客人太差

王濛、劉惔在蔡謨家閒坐，言語之間並不很推崇蔡謨。王問蔡說：「你自認為比王衍如何？」

蔡說：「不如。」
王、劉相視而笑，又問：「何處不如？」
蔡說：「王衍家沒有像你們這種客人。」

張玄之缺齒不饒人

張玄之八歲換牙齒，門齒中間有缺口。識相的人，都知道這小子不好惹。偏有人對他開玩笑說：「你怎麼口中開個狗洞？」
張玄之應聲答道：「就是要讓你這種人出入的。」

我曬腹中書

七月七日家家都曬衣物。郝隆也跑到院子裡，仰臥在地上曬肚子。
人家問說：「你幹什麼？」
他說：「我在曬肚子裡的書。」

下山就成小草

謝安隱居東山，後來下山做桓溫的司馬。

有一天，有人送藥草給桓溫，其中有一味叫「遠志」，又名「小草」。桓溫大奇，便拿來問謝安。

謝安還沒回答，郝隆就搶著說：「這不難解。在山中就叫遠志，採到山下就叫小草。」謝安大為慚愧。

桓溫卻拍手大笑，說：「解得好，解得好。」

用蠻語作詩

郝隆做桓溫的南蠻參軍。三月三日桓溫大會群僚，規定每人作詩一首，作不出來的罰酒三斗。

郝隆不會作詩，心知不妙，便搶先寫了一句：「娵（ㄐㄩ jū）隅躍清池。」

桓公一看，問說：「娵隅是什麼？」

郝隆說：「蠻人把魚叫娵隅呀！」

桓公說：「作詩哪得用蠻語？」

郝隆說：「我是南蠻參軍，不用蠻語，還用什麼？」

晉楚交兵

習鑿齒是襄陽人，孫綽是太原人。二人本不相識。

有一次，習、孫二人在桓溫家中坐。

桓公說：「二公可一交談。」

孫綽說道：「蠢爾荊蠻，大邦為仇。」

習鑿齒應道：「薄伐玁狁（ㄒㄧㄢˇ ㄩㄣˇ xiǎn yǔn），至于太原。」

二人所引，都是《詩經》上的話，針鋒相對。

七尺之軀葬送在此

支道林法師在謝萬家坐，一會兒，王獻之來了。

獻之極自負，便嘲林法師說：「林公假如鬚髮都在，神情當更勝。」

謝萬說：「那不見得。鬚髮何關乎神明？」

林法師聽他們一來一往，便惱火道：「我這堂堂七尺之軀，今天算是葬送在此了！」

簸揚淘汰

王坦之、范啟為簡文帝所邀。王年小而位大，范年大而位小，二人入座時互相推讓，結果范坐在前面。

王坦之嘲范啟說：「簸之揚之，秕糠在前。」范啟應道：「淘之汰之，砂礫在後。」

羊公鶴怯場不舞

劉爰少年時有才情，後來有人把他推薦給庾亮。庾亮很得意，便想用為輔佐。但劉爰剛到的第一天，庾公試和他面談，便覺得他並不如傳聞出色。一時頗為失望，因此對人戲稱之為「羊公鶴」。

原來從前羊祜有隻鶴，很會跳舞。羊公常向客人誇讚。有一天客人說：「那就帶來跳跳看嘛！」羊公就很得意地把鶴牽了來，哪知道那鶴竟也會怯場，硬是不肯舞。

怎敢不拜服

何充三天二日就到瓦官寺拜佛。

阮裕在路上碰到他，笑說：「你的志向真大，可謂前無古人。」

何充道：「今天怎地如此客氣起來？」

阮說：「多少年來，我想混個郡守，到現在還沒有半點影子。你卻天天想作佛，怎敢不拜服！」

跛腳諸葛

郗愔拜北府中郎將，王獻之前往祝賀，不停地吟道：「應變將略，非其所長。」有人說：「公今日拜官，獻之出言不遜，實在可惡！」郗愔笑道：「人家把我比做諸葛武侯，即使不會帶兵，也很滿意了！」

「應變將略，非其所長。」是陳壽評諸葛亮的話。

披掛入荊棘

王坦之在揚州和支道林法師講論，韓伯、孫綽在座。林法師每占下風，孫綽就嘲笑道：「法師今天像穿破棉袍，走在荊棘中，寸步難行。」

布颿無恙

顧愷之在荊州輔佐殷仲堪。有一次，他請假東還故里。按當時例規，不給布颿（ㄈㄢˊ fán，布帆），顧愷之一再要求，殷仲堪只好應允了。

顧行船到湖北華容附近的破冢，遇到大風，布帆驚險萬狀。脫險之後，他寫了一封書函給殷說：「地名破冢，真破冢而出，行人安穩，布颿無恙。」

會吃甘蔗的人

顧愷之吃甘蔗，總是從尾吃到頭，有人問說：「為什麼不從頭吃到尾？」他說：「這樣吃才能漸入佳境。」

盲人騎瞎馬

桓玄、殷仲堪和顧愷之三人共作「話題遊戲」。

第一個話題是「了語」：用完了的事作題目。
顧愷之說：「火燒平原，一切燒光。」
桓玄說：「白布纏棺，殯旗飄揚。」
殷仲堪說：「投魚深淵放飛鳥。」
第二個話題是「危語」：用危險的事做題目。
桓玄說：「在矛尖淘米，劍頭炊飯。」
殷仲堪說：「百歲老翁掛在枯枝。」
顧愷之說：「井上欄杆臥嬰兒。」
這時候，殷仲堪身邊有一參軍接著說道：「盲人騎瞎馬，夜半臨深池。」
殷仲堪一聽，把兩手一拍說道：「好小子，咄咄逼人。」原來殷仲堪瞎了一隻眼睛。

縮頭參軍

祖廣做參軍，走路常縮著頭。
有一次，祖廣剛下車，就碰到桓玄。
桓笑他說：「今天天氣很好啊，你怎麼像從漏屋裡走出來！」

下士聞道則大笑

桓玄和道曜在講老子《道德經》。王思道坐在一邊聽。桓玄忽然說：「王思道，你不妨顧名思義。」於是王大笑。桓玄又說：「你真會作大孩兒笑。」

老子《道德經》上說：「下士聞道，大笑之。不笑不足以為道。」所以王思道大笑，意在自我解嘲。

輕詆篇第二十六

名士是何物？

竺法深說：「人家都稱庾亮是名士，其實胸中所藏的不過是些雜草、荊棘而已！」

元規塵汙人

庾亮（元規）鎮武昌，有東下京城之意。那時王導作丞相，心中很不平。

有一次王導在冶城小坐，剛好西風揚塵，王導便用扇子遮住臉，一個字一個字地罵道：「元規塵汙人！」

塵即風塵，此處暗指戰爭的意思。

長柄拂麈趕牛車

王導好聲色，入密營別館，姬妾羅列，兒女成行。有一次，丞相夫人外出踏青，見有兩三個小兒騎羊，長得端正可愛，便問是誰家的小孩兒。回話的人一時不察，漏了風聲。夫人大怒，立刻率婢女持刀追討王丞相。王丞相聽說夫人要來臨檢，便跨上牛車就跑，又怕牛跑得太慢，便用長柄拂麈趕牛，狼狽而走。

蔡謨知道王丞相的前科以後，故意去拜訪說：「聽說最近朝廷要加公九錫，特來相賀。」王丞相信以為真，再三謙讓。

蔡謨笑說：「也不必太當真，我只是聽到有人用長柄麈尾趕牛車的風聲而已！」丞相大窘。

後來，王丞相便在別人面前損蔡謨說：「想我從前和王安期、阮千里在洛水上和名流勝會的時候，天下哪曾聽說有個蔡克的兒子！」

豬腦袋

孫綽作《列仙傳》，推贊商丘子說：「所牧何物？殆非真豬。儻遇風雲，為我龍攄（ㄕㄨ shū）。」意思是說：商丘子平日所牧的豬，恐怕不是真的豬。如果有一天遇到風雲來時，就會像龍一樣地飛騰而去。

許多文士看了這篇〈商丘子贊〉，佩服得五體投地。

王述卻大罵說：「孫家小兒作的文章，算是什麼東西？真是豬啊！」

「龍攄」是龍騰的意思。

千斤牛不如百里馬

桓溫北征，和僚屬共登平乘樓眺望中原。忍不住嘆息道：「神州陸沉，百年丘墟，王衍諸人實不能辭其咎！」

袁虎不服，立刻答道：「氣運自有盛衰，哪能就怪他們？」

桓溫怒道：「這是什麼話？你們沒有看見劉表嗎？他像是頭千斤巨牛，食量驚人，但負重致遠，竟不如一匹瘦馬。所以魏武一入荊州，先就把他宰來吃了。」

何物塵垢囊？

王坦之和支道林互相不服氣。王說林公是詭辯，林公卻痛罵王坦之說：「穿著邋遢的衣服，戴一頂破帽子，身上挾一本《左傳》，跟在鄭康成（玄）車後，自以為是人家的高足，其實只是裝灰塵的破布袋而已。」

裴啟作《語林》

裴啟作《語林》，其中有二條關於謝安的故事。

有一條是說：「謝公對裴啟說：『你已經不錯了，又何必再喝酒裝名士派頭呢？』」

另一條說：「謝公稱支道林如九方皋相馬，只重其神駿而不論皮相。」

庾和看了《語林》，便去問謝公。謝公說：「根本沒有這回事，都是裴啟杜撰的。」庾和便認為裴啟不應該，之後庾和又拿出王東亭的〈經黃公酒壚下賦〉，請謝公品題。謝不肯評價，只說：「你也想學裴啟嗎？」

沙門不得為高士

王舒不為支道林所推重，非常氣憤，便寫了一篇〈沙門不得為高士論〉。大意是說：高士必須遊心物外，不為物役，今沙門反為宗教所束縛，情性不能自得，所以不能成高士。

韓伯肉鴨子

時人評韓伯說：「他是一隻肉鴨子，沒有風骨。」

王家子弟啞啞叫

支道林去會稽，見了王獻之兄弟，回來以後，有人問他說：「王家子弟怎麼樣？」支公答道：「好像是一群白頸子的烏鴉，只會啞啞叫個不停。」

王家子弟在江南常說吳語，支道林聽不習慣，所以比做烏鴉叫。

蠢物

桓玄每次見人生氣，就取笑說：「你們就好比把哀仲家的梨子，拿來蒸了吃。」

秣陵有哀仲家，梨子最好，入口便化。只有蠢物才會不知品味，蒸了來吃。

假譎篇第二十七

曹操劫新娘子

曹操少年時和袁紹在一起，好為遊俠。

有一次，他二人見有人新婚，便半夜跳牆入內，大叫：「有賊。」青帳中人都跑出來察看，曹操趁機抽刀把新娘子背了就走。

曹、袁二人退出牆外以後，一時迷路，誤入橘子園中，橘樹多刺，袁紹不敢動。

曹操怕袁紹被捉，壞了大事，就大叫一聲：「小偷在這裡！」袁紹被迫，連滾帶爬，一溜煙似的跑了。

望梅林止渴

曹操行軍，走了很長的路，三軍皆渴。

曹操騙他們說：「前面不遠便有梅子林，趕快走就可以解渴了。」

士卒一聽，口水都流出來，感覺不會渴了。他們往前走了一段路，終於遇到水源。

防逆有術

曹操怕有人會來謀害自己，便揚言說：「如果有人想對我不利，我的心就會有預感而跳動。」

為了證明他的話，他偷偷把一個親近的小人找來，對他說：「等一下你假裝來行刺，我就說我已有預感，把你抓起來。如果抓你的人要殺你，你只要不說出誰叫你前來行刺便好。然後，我會重重地報答你。」

那個小人信以為真，便去假裝行刺，曹操就把他殺了。結果他連自己怎麼死的都不明白。

曹操的左右，以為曹操真有預感，想謀逆的人也不敢動了。

夢中殺人

曹操說：「我睡覺時不要接近我，我夢中會殺人。」

有一天，他假裝睡覺，有個親信上前替他蓋被，曹操手起刀落，把那人殺了。

自此以後，只要曹操在睡覺，便沒有人敢接近他了。

黃鬚鮮卑奴

晉明帝生母荀氏，有燕代鮮卑人血統，所以明帝長得像鮮卑人。

王敦造反時，頓兵姑孰。明帝換了便裝前往察訪，路過一客店，店中老太婆是一異人，明帝約她同去。

二人在王敦營壘外察看一周，有軍士發覺，說道：「此是非常人。」

這時王敦正在睡覺，忽然有感，心動，從床上跳起來說道：「必是黃鬚鮮卑奴來了！」

派人便追，明帝已走了二三里。

追人在路上碰到一個老太婆，問說：「看見黃鬚人騎馬過去嗎？」老太婆說：「早已過去多時。」追人只好廢然而返。

羲之吐唾縱橫

王羲之十歲時，王敦很喜歡他，常帶在身邊睡。

有一次，王敦早起，和錢鳳在前廳密謀造反，忘了羲之還在睡覺。羲之那時已醒，聽到王敦的密謀，心知非同小可，這條小命大概活不成了。於是他就把口水吐在被上，又塗在臉上，假裝睡得很熟。

一會兒，王敦果然想起羲之還在帳中，便來察看。一見羲之口水塗得滿臉，以為是睡熟了，就不再懷疑了。

支愍度說法救飢

愍度和尚剛要渡江時，與一北來的和尚為伴。

那和尚說：「這次到江南，如果採用舊義說法，恐怕混口飯吃都有困難。」於是共立「心無義」。

後來那和尚渡江不成，愍度卻在江南講「心無義」多年。那和尚大笑說：「『心無義』哪可用來說法。當時我提這個辦法，不過為了救飢而已。豈可因此便背叛如來呢？」

孫綽嫁出怪女兒

王坦之的弟弟阿智，頑劣不馴，沒有人要嫁他。剛好孫綽有個女兒，脾氣古怪，沒人敢娶。

孫綽便往見王坦之兄弟，把女兒吹得天花亂墜，又說：「外傳阿智找不到小姐，豈有此理？只可惜我孫家是寒門，不敢高攀你們太原王家而已。」

王坦之兄弟大喜，便告訴父親王述，把孫綽女兒娶了過來。

孫綽的女兒嫁過來以後，潑辣無理，遠過阿智。王家才知是孫綽使詐。

謝安使詐教子

謝遏小時候喜歡穿戴紫羅香囊，謝安很不高興。為了不傷謝遏的心，謝公便使詐與謝遏賭博，一贏過來便把紫羅香囊燒了。

黜免篇第二十八

狂人何所徙？

諸葛宏少有清譽，王衍很推重他。

有一次，諸葛宏受到他繼母族人所陷害，說他是「狂逆」，於是朝廷下令將他遷徙到遠方。

諸葛臨行前，王衍來送行。

諸葛問說：「我到底犯了什麼罪？」

王衍說：「人家控告你狂逆。」

諸葛大怒道：「逆便殺頭好了，狂要搬到哪裡？」

桓溫怒貶捉猿人

桓溫征蜀，路過長江三峽，部屬中有人捉到一隻小猿，母猿便沿岸哭號，行百餘里仍不走。後來那隻母猿就跳上船來撞死了。那人把母猿剖開，只見腸子寸寸斷裂。

桓公聽了大怒，把那人貶了出去。

咄咄怪事

殷浩北征失敗，廢為庶民，遷往信安居住。

有人見殷浩整天在空中寫字，仔細看了半天，才知道他所寫的是「咄咄怪事」四字。

看人吃蒸薤

桓溫有個參軍，有一次在吃蒸的薤（ㄒㄧㄝˋ xiè）菜，薤菜糾纏解不開，同座的人不肯相助，那參軍又夾住不放，全座大笑。

桓溫知道了大怒，便把那些大笑的人免職。

桓溫逼人太甚

桓溫既廢太宰父子，上書說：「若除太宰父子，可無後憂。」

簡文帝答說：「這種話我不忍說出口。」桓溫不聽，又上來催促。

簡文帝說：「如果晉室威靈長在，請奉此詔。如果氣運已盡，我便讓賢！」桓溫看了，手顫汗流，才不敢逼迫。於是，太宰父子被遷往新安。

殷仲文自取滅亡

殷仲文素有名望，自謂必做宰相。後來他做東陽太守，憤憤不平。有一天他看見富陽山水，形勢雄壯，慨然歎道：「此地當出一個孫伯符！」終以造反被殺。

孫策字伯符，富春人，所以殷仲文有此一歎。

上不著天，下不著地

殷浩被廢後，恨簡文帝說：「你把我送上百尺高樓，忽又把梯子抽了去，叫我怎麼辦才好？」

儉嗇篇第二十九

和嶠計核算錢

和嶠為人十分吝嗇，家有好李，不肯送人吃，諸弟到園中採李子吃，也要計核算錢。王濟對姊夫的吝嗇大為不滿。

有一天，趁和嶠上班時，王濟帶了族中少年闖入李子園大吃，吃飽了就把李枝砍下來。然後送了一車子的李枝給和嶠，問說：「請吃吃看這些李子味道怎樣？」和嶠只有苦笑而已。

王戎夜夜算錢

王戎家極有錢，卻一向不願花錢，故生活極省。每天晚上都只見他和夫人坐在燭光下，用籌碼算錢。有一次他的姪兒結婚，王戎只送了一件單衣，過後又要了回來。

王戎鑽李核

王戎家有好李，常常擔心賣李子的人會拿去種。因此，他家的李子出門之前，都先把核給鑽破。

王戎向女兒收回嫁妝

王戎嫁女兒給裴頠，借了數萬錢給女兒當嫁妝。女兒每次回來，王戎都沒有好臉色。直到有一天，女兒把錢還了，王戎才點頭微笑。

只送「王不留行」

衞展在江州時，有親友來投，概不料理，只送「王不留行」一斤。因此，人人來投，便都立刻上車就走。

李軌聽了，嘆息道：「家舅刻薄，竟用草木做逐客令！」

「王不留行」是一種草藥，據說久服能輕身，一般用來除風。

庾亮吃薤留根

蘇峻之亂，庾亮投奔陶侃。陶侃性儉嗇，請庾吃薤菜。庾故意把菜根留下來。

陶公說：「菜根有何用？」

庾說：「留起來種呀！」

陶公大為歎服，說道：「庾公不只風流，而且實際。」

郗公家法

郗愔大事聚斂，有錢數千萬。郗超很看不過去，便決心要使他老子覺悟。

按郗公家法：子弟來見面不坐，站著也不走，便是暗示要錢的。因此郗超每天一大早就去向郗愔問候。

郗愔說：「你每天都來，其實只是要錢罷了。」一氣之下，便把錢庫開放一天，說：「你就揮霍一天吧，看你能用多少？」

郗愔以為最多也不過用去幾百萬。哪知郗超卻把親友都找來，一一分用，錢庫一下子就光了。郗愔看得舌頭都收不回來。

汰侈篇第三十

行酒斬美人

石崇每次請客，都叫美人勸酒。如有客不肯乾杯，立斬美人無赦。王導和王敦有一次到石崇家造訪。王導酒量小，不能多飲，但礙於石崇的殘酷酒令，只好勉力杯到就乾。王敦卻不肯喝酒，無論美人如何勸酒，都一口回絕。石崇已經斬了三個美人，王敦臉色仍然不變。王導便責他何必太過分，王敦說：「他殺自家人，干我何事！」

廁中侍婢羅列

石崇家的廁所，常有十餘個侍婢羅列。廁中放置甲煎粉、沉香汁，香氣濃烈。而且規定：如廁必須換上新衣。因此，許多客人羞於在女侍面前脫衣，便不敢去。

王敦有一次上廁所，當侍女面前脫下舊衣，換新衣，從容不迫，神態傲然。群婢都說：「這人膽子這麼大，一定會做賊。」

人乳養的豬

晉武帝在王濟家吃飯，王濟便用琉璃器皿，侍婢百餘人穿上綾羅端菜。席間，武帝嘗了一盤蒸豬，味道大是不同，便問這是什麼豬？王濟說：「這小豬是用人乳餵的。」武帝很不以為然，吃了一半便退席。

王愷、石崇鬥富

王愷以飴糖作柴火，石崇就用蠟燭作柴火。
王愷製作紫絲布步障長四十里，石崇就製作錦步障長五十里和他對抗。
石崇用椒粉塗牆壁，王愷便用赤石脂塗牆壁。

「步障」是從前有錢人家出外時，用來障蔽風寒或沙塵的布幕。

王愷、石崇競牛走

石崇家的牛，無論形狀和氣力看起來都比不上王愷的牛。但是每次出遊，石崇的牛出發得很晚，到了要進入洛陽城門時，石崇的牛便迅若飛禽，王愷的牛怎麼趕都趕不上。王愷認為很失面子。

王愷偷偷拿錢去收買石崇家趕牛車的人，問他駕牛的技巧。那趕牛的人說：「牛本來跑得不慢，只是趕牛車的人配合不上，便強力把牛拉住，所以牛車就慢了。如果牛跑得快時，把車拉斜了，便用偏轅使車子的重心偏在一邊，聽任牛車奔馳，那就非常快。」王愷聽了很高興。

從此王、石兩家的牛車便一樣快了。

王愷痛失神牛

王愷有一匹牛，稱做「八百里駮」，最是神駿，每天都把牠的蹄角磨得發亮。

王濟對王愷說：「我射箭不及你，但這次我要和你賭射這匹牛。如果我輸了，願意賠你一千萬錢。」

王愷心想：「我的箭射得快，不會輸他。而且這樣神物，王濟必然捨不得射殺牠。」便答應了。

賭賽的那天，王愷叫王濟先射，王濟一箭中的，不容王愷多說，大喝一聲：「快拿牛心來！」然後高據胡床等候。左右飛奔而出，一會兒就把牛心烤了拿來，王濟卻把它剁成碎片便走了。

王敦諷刺石崇

顏回和原憲生前至貧，但德行、學問都很高。石崇、王敦二人有一次在太學見了顏、原的畫像，石崇嘆息說：「我如果和他們同拜夫子門下，自信不會輸人。」王敦笑道：「你比別人怎樣，我是不知道。若和子貢相比，是差不多了。」孔子學生，以子貢最有錢，所以王敦拿來諷刺石崇。石崇知道王敦在諷刺自己，把臉色一變，說道：「君子應當身名俱泰，你怎麼拿這種小家子的話來嘔我！」

射箭築金溝

王濟被免官以後，移家北芒山下，心中不平。

那時北芒人多地貴，王濟偏就多買地，築溝用作騎射。溝上用一串串的錢鋪在地面，時人稱為「金溝」。

忿狷篇第三十一

魏武殺妓

魏武有一個家妓，聲音最是清妙，可惜脾氣太壞。魏武想殺她，又捨不得她的歌聲；想留下她，又不能忍受她的脾氣。

於是，魏武另外找了一百個女子，施以訓練，其中有一女人歌聲和那家妓一樣好，魏武便殺了那個家妓。

王述踩鷄蛋

王述性子很急，有一次在吃鷄蛋，用筷子刺不到，大怒，便把雞蛋擲到地上。雞蛋在地上旋轉不止，王述就用屐齒去踩。踩又踩不到，愈怒，便又撿起來，放入口中，咬破吐了出來。

王羲之聽了大笑，說道：「假使王承有這樣脾氣，我沒話說。他的兒子居然比他還暴躁，真是不像話。」

鬼手莫碰人

王胡之趁著下雪去訪王恬。王胡之言語之間頂了王恬幾句，王恬便臉色不高興。王胡之走上去就拉王恬的手臂說：「你對我這老哥使什麼小性子？」王恬把他的手撥開，罵道：「你的手冷得像鬼，不要來碰我！」

讒險篇第三十二

王澄勁俠難容人

王澄外表朗爽，內則剛強。劉琨有一次罵他說：「你這種個性，恐怕不得好死！」後來王澄脾氣不改，終為王敦所殺。

袁悅喜讀《戰國策》

袁悅口才很好，身邊常挾《戰國策》。有一次，他對人說：「少年時，讀《論語》、《老子》，後來又讀《莊子》、《易經》，這些書都沒有用。天下最重要的書便是《戰國策》。」袁悅以策術進見會稽王司馬道子，道子大為器重，幾亂朝綱。王恭知道了之後，才藉罪殺了袁悅。

王國寶居心叵（ㄆㄛˇ pǒ）測

晉孝武帝非常親重王國寶和王雅。有一次，王雅推薦王珣給武帝，武帝便很想召見他。過了幾天，武帝召見王珣，王國寶自知不如王珣，深恐王珣奪了他的位置，當下便對武帝說：「王珣是名流，陛下現在臉上仍有酒意，不宜召見。」於是武帝以為王國寶十分盡職，就不再想召見王珣。

尤悔篇第三十三

伯仁為我而死

王敦從荊州起兵下石頭城，京師震動。丞相王導率領王家子弟到臺省待罪。周顗非常擔心，便想前往營救。周顗來到臺省。王導叫他，他不理，便直入內。

周顗見了元帝，為王導家族說了許多好話相救，元帝才答應饒恕他們。周顗見元帝點頭了，很是高興，便去喝了幾杯酒才走。

到了門口，見王家子弟還跪在那裡，王導上前說：「伯仁，我一家百口全交給你了！」

周顗竟自不理就走了。

王敦來到石頭城後，問王導說：「周顗可做三公否？」王導不答：「可做尚書令否？」王導也不答。王敦說：「既是這樣，那我就把他殺了。」王導還是不答。於是王敦終於殺了周顗。

後來，王敦之亂平定，王導才知道周顗曾上書救自己，言辭懇切。王導這時後悔不迭，仰天長嘆道：「我不殺伯仁，伯仁因我而死。」

周顗字伯仁。

知其末而不知其本

簡文帝見田中的稻子，卻不認識。問說：「這是什麼草？」左右答說：「是稻子。」

簡文帝為之思過三日，說：「豈有知其末而不知其本。」

慚愧而死

桓沖認為自己的德望雅量不及謝安，便請解除揚州刺史讓給謝安。又自認為軍事經驗豐富，便請求出鎮荊州。

當苻堅下江南時，桓沖以京師為重，遣其隨身精兵三千人赴援，但為謝安所拒。桓沖大驚，說道：「謝公雖有廟堂之量，不熟將略，又外示閒暇，派諸年少應敵，天下事已不問可知。」於是便往上明打獵。後來，淮上捷報傳來，桓沖大為慚愧，發病而死。

紕漏篇第三十四

王敦做了土豹子

王敦初娶舞陽公主，在公主家如廁，見漆箱盛有乾棗。乾棗本用來塞鼻，王敦卻說：「廁所也備食品。」就通通吃光了。

等到他要回家的時候，婢女拿著金澡盆盛水，瑠璃碗盛澡豆，用來盥洗，王敦不知，竟把澡豆倒在水中，通通吃了，說是乾飯。

群婢掩口而笑。

蔡謨誤吃彭蜞

蔡謨渡江不久，見了彭蜞以為是螃蟹，大喜說：「蟹有八足，加上二螯。」便叫人煮了來吃。吃後大吐，才知不是螃蟹。

後來，蔡謨對謝尚提起此事，謝尚大笑說：「你讀《爾雅》未免太粗心了。」

原來《爾雅》記載彭蜞八足二螯，但同時又說「似蟹而小」，蔡謨不辨其大小，拿了就吃，所以闖禍。

床下蟻動，謂是牛鬥

殷仲堪的父親得了心病，虛弱怕驚動，床下有螞蟻爬過，以為是牛鬥。

孝武帝不知道殷仲堪的父親得了此病，問說：「聽說有殷姓老人家得了這種病，你知道嗎？」

殷仲堪流淚道：「臣不知如何是好。」

侍中獻魚蝦

虞嘯父做孝武帝的侍中。侍中要獻上善言以代替不善，這叫做「獻替」。

有一天，孝武帝問虞嘯父：「你做侍中以來，全無獻替，這是怎麼回事？」

虞嘯父是會稽人，家近海邊，又很富有，他聽了孝武帝的話，以為皇上要他貢獻海產，便笑說：「天氣還暖和，海中魚蝦過些時候才會有，到時臣立刻獻上。」孝武帝鼓掌大笑。

惑溺篇第三十五

荀粲殉情

荀粲娶妻曹氏，十分美麗，所以夫妻感情如膠似蜜。

有一年的冬天，曹氏得到熱病，身子發燙得厲害，荀粲便到庭中把身體冷一冷，回來抱住妻子使她的體溫下降。但曹氏還是沒有得救。曹氏死後，荀粲不久也死了，亡年二十九。

荀粲死前說過：「婦人的才德姿色能夠俱備的極少，所以才德不足，便應以姿色為主。」

裴頠聽了說道：「世人不要被這話所耽誤，娶妻自不能以姿色為主。」

韓壽偷香

韓壽姿貌清秀，在賈充手上做事。賈充的女兒常在青瑣（窗簾）中偷看他，自此常做綺夢。賈家的婢女偷偷去韓壽家對他說：「我家的小姐不但美麗，而且常思念你。」韓壽大為心動，決意前往相會。

賈充家的門牆又高又密，但韓壽仗著身手矯捷，竟跳牆而入。賈女一見，對他愈是溫存不捨。不久，賈充發覺女兒對於妝飾非常注意，眉目間流露喜悅，和從前不大相同。有一天，他又聞到韓壽身上有一股異香，這種香氣只有他家和陳騫家才有，自此心中便懷疑韓壽和女兒有私情。

賈充不動聲色，只是託言為了防盜，重修牆垣，但修牆的人說：「牆都完好，只有東北角上有人跡。而東北角的牆最高，常人實無法翻越。」賈充只好把婢女找來，暗中拷問，婢女知道無法再瞞，便都說了出來。賈充便秘密地把女兒嫁給了韓壽。

雷尚書

丞相王導身邊有一愛妾，姓雷，聰明秀麗，在家中常幫助丞相處理公事，收受金錢。蔡謨知道了這紕漏，便笑說：「這是丞相的雷尚書。」

仇隙篇第三十六

一語成讖（ㄔㄣˋ chèn）

石崇的歌妓綠珠，美而善於吹笛，石崇愛她愛得要死。孫秀一見，便恃強來奪。

石崇說：「別的都可以答應，綠珠我絕不給。」

孫秀使者說：「石公博通古今，還請三思。」石崇不理。

潘岳和石崇是舊友。潘岳從前很瞧不起孫秀。孫秀做中書令時，二人在中書省碰面，

潘岳說：「孫公還記得從前我們在一起嗎？」

孫秀說：「中心藏之，何日忘之。」潘岳便知道孫秀一定會施報復。

孫秀是趙王倫的心腹，後來孫秀公報私仇，潘岳和石崇同日棄市。

潘岳、石崇在刑場見了面，彼此大感意外。

石崇對潘岳說：「你也在這裡嗎？」

潘說：「真是『白首同所歸』了。」

原來潘岳的《金谷集》有詩贈石崇說：「投分寄石友，白首同所歸。」這話想不到竟成了預言。

「讖」就是預言的意思。

豪傑難防小人

劉璵、劉琨兩兄弟，小時候得罪了王愷。王愷在家中預先挖了坑道，準備把二劉活埋。有一天，王愷借故把二劉邀請到家中飲酒住宿，想在夜間動手。

石崇和二劉的交情很好，當他聽說二劉到王愷家中住，知道一定會有變故。於是石崇立刻到王愷家，問說：「二劉何在？」

王愷倉促之間瞞不住了，只好說：「在後堂中睡覺。」石崇也不再多說，便直入後堂，把二劉喚醒，拉了出來，上車便走。

事後，石崇責備二劉說：「少年人豈可隨便在人家裡過夜？」

後來，劉璵和劉琨都知名於時，並稱豪傑。

附錄
原典精選

德行第一

◎陳仲舉言為士則，行為世範，登車攬轡，有澄清天下之志。為豫章太守，至，便問徐孺子所在，欲先看之。主簿曰：「群情欲府君先入廨。」陳曰：「武王式商容之閭，席不暇煖；吾之禮賢，有何不可！」

◎郭林宗至汝南造袁奉高，車不停軌，鸞不輟軛；詣黃叔度，乃彌日信宿。人問其故？林宗曰：「叔度汪汪，如萬頃之陂；澄之不清，擾之不濁，其器深廣，難測量也。」

◎陳元方子長文有英才，與季方子孝先，各論其父功德，爭之不能決，咨於太丘。太丘曰：「元方難為兄，季方難為弟。」

◎晉文公稱阮嗣宗至慎；每與之言，言皆玄遠，未嘗臧否人物。

◎王戎、和嶠同時遭大喪，俱以孝稱。王雞骨支床。和哭泣備禮。武帝謂劉仲雄曰：「卿數省王和不？聞和哀苦過禮，使人憂之！」仲雄曰：「和嶠雖備禮，神氣不損；王戎雖不備禮，而哀毀骨立。臣以和嶠生孝，王戎死孝；陛下不應憂嶠，而應憂戎。」

◎謝奕作剡令，有一老翁犯法，謝以醇酒罰之，乃至過醉而猶未已。太傅時年七八歲，箸青布絝在兄膝邊坐，諫曰：「阿兄，老翁可念，何可作此？」奕於是改容曰：「阿奴欲放去邪？」遂遣之。

◎王恭從會稽還，王大看之，見其坐六尺簟，因語恭：「卿東來，故應有此物，可以一領及我？」恭無言。大去後，即舉所坐者送之。既無餘席，便坐薦上。後大聞之，甚驚，曰：「吾本謂卿多，故求耳。」對曰：「丈人不悉恭，恭作人無長物。」

言語第二

◎邊文禮見袁奉高失次序。奉高曰：「昔堯聘許由，面無怍色；先生何為顛倒衣裳？」文禮答曰：「明府初臨，堯德未彰；是以賤民顛倒衣裳耳。」

◎孔文舉年十歲，隨父到洛；時李元禮有盛名，為司隸校尉；詣門者皆雋才清稱，及中表親戚乃通。文舉至門，謂吏曰：「我是李府君親。」既通，前坐。元禮問曰：「君與僕有何親？」對曰：「昔先君仲尼，與君先人伯陽，有師資之尊；是僕與君奕世為通好也。」元禮及賓客莫不奇之。太中大夫陳煒後至，人以其語語之。煒曰：「小時了了，大未必佳！」文舉曰：「想君小時必當了了！」煒大踧踖。

◎禰衡被魏武謫為鼓吏，正月半試鼓，衡揚枹為〈漁陽參撾〉，淵淵有金石聲，四座為之改容。孔融曰：「禰衡罪同胥靡，不能發明王之夢！」魏武慚而赦之。

◎南郡龐士元，聞司馬德操在潁川，故二千里候之。至，遇德操采桑，士元從車中謂曰：「吾聞丈夫處世，當帶金佩紫；焉有屈洪流之量，而執絲婦之事？」德操曰：「子且下車。子適知邪徑之速，不慮失道之迷。昔伯成耦耕，不慕諸侯之榮；原憲桑樞，不易有官之宅；何有坐則華屋，行則肥馬，侍女數十，然後為奇？此乃許父所以慷慨，夷齊所以長歎！雖有竊秦之爵，千駟之富，不足貴也。」士元曰：「僕生出邊垂，寡見大義；若不一叩洪鐘，伐雷鼓，則不識其音響也。」

◎滿奮畏風，在晉武帝坐；北窗作琉璃屏風，實密似疎，奮有難色。帝笑之。奮答曰：「臣猶吳牛，見月而喘。」

◎過江諸人，每至暇日，輒相要出新亭，藉卉飲宴。周侯中坐而歎曰：「風景不殊，舉目有江河之異！」皆相視流淚。唯王丞相愀然變色曰：「當共勠力王室，克復神州；何至作楚囚相對泣邪？」

◎衞洗馬初欲渡江，形神慘悴；語左右云：「見此茫茫，不覺百端交集；苟未免有情，亦復誰能遣此！」

◎高座道人不作漢語，或問此意，簡文曰：「以簡應對之煩。」

◎庾公嘗入佛圖，見臥佛，曰：「此子疲於津梁。」于時以為名言。

◎孫齊由、齊莊二人少時詣庾公，公問：「齊由何字？」答曰：「字齊由。」公曰：

「欲何齊邪？」曰：「齊許由。」「齊莊何字？」答曰：「字齊莊。」公曰：「欲何齊？」曰：「齊莊周。」公曰：「何不慕仲尼而慕莊周？」對曰：「聖人生知，故難企慕。」庾公大喜小兒對。

◎張玄之、顧敷，是顧和中外孫，皆少而聰惠，和並知之，而常謂顧勝；親重偏至，張頗不懨。于時張年九歲，顧年七歲；和與俱至寺中，見佛般泥洹像，弟子有泣者，有不泣者。和以問二孫。玄謂：「彼親故泣，彼不親故不泣。」敷曰：「不然！當由忘情故不泣，不能忘情故泣。」

◎康法暢造庾太尉，握麈尾至佳。公曰：「此至佳，那得在？」法暢曰：「廉者不求，貪者不與，故得在耳。」

◎桓公北征經金城，見前為琅邪時種柳，皆已十圍，慨然曰：「木猶如此，人何以堪！」攀枝執條，泫然流淚。

◎顧悅與簡文同年，而髮蚤白。簡文曰：「卿何以先白？」對曰：「蒲柳之姿，望秋而落；松柏之質，凌霜猶茂。」

◎謝胡兒語庾道季：「諸人暮當就卿談，可堅城壘。」庾曰：「若文度來，我以偏師待之；康伯來，濟河焚舟。」

◎王子敬云：「從山陰道上行，山川自相映發，使人應接不暇；若秋冬之際，尤難為懷。」

◎謝太傅問諸子侄：「子弟亦何預人事，而正欲使其佳？」諸人莫有言者。車騎答曰：「譬如芝蘭玉樹，欲使其生於階庭耳。」

◎謝靈運好戴曲柄笠，孔隱士謂曰：「卿欲希心高遠，何不能遺曲蓋之貌？」謝答曰：「將不畏影者未能忘懷？」

政事第三

◎丞相末年，略不復省事，正封籙諾之。自歎曰：「人言我憒憒，後人當思此憒憒！」

◎陶公性檢厲，勤於事。作荊州時，敕船官悉錄鋸木屑，不限多少，咸不解此意。後正會，值積雪始晴，聽事前除雪後猶濕，於是悉用木屑覆之，都無所妨。官用竹，皆令錄厚頭，積之如山。後桓宣武伐蜀，裝船，悉以作釘。又云：嘗發所在竹篙，有一官長連根取之，仍當足，乃超兩階用之。

文學第四

◎鄭玄在馬融門下，三年不得相見，高足弟子傳授而已。嘗算渾天不合，諸弟子莫能解；或言玄能者，融召令算，一轉便決。眾咸駭服。及玄業成辭歸，既而融有禮樂皆東之歎；恐玄擅名而心忌焉。玄亦疑有追，乃坐橋下，在水上據屐。融果轉式逐之，告左右曰：「玄在土下、水上、而據木，此必死矣。」遂罷追。玄竟以得免。

◎庾子嵩讀《莊子》，開卷一尺許便放去；曰：「子不異人意。」

◎客問樂令「旨不至」者。樂亦不復剖析文句，直以麈尾柄确几曰：「至不？」客曰：「至。」樂因又舉麈尾曰：「若至者，那得去？」於是客乃悟服。樂辭約而旨達，皆此類。

◎初，注《莊子》者數十家，莫能究其旨要。向秀於舊注外為解義，妙析奇致，大暢玄風；唯〈秋水〉、〈至樂〉二篇未竟而秀卒。秀子幼，義遂零落，然猶有別本。郭象者，為人薄行有儁才；見秀義不傳於世，遂竊以為己注；乃自注〈秋水〉、〈至樂〉二篇，又易〈馬蹄〉一篇，其餘眾篇，或點定文句而已。後秀義別本出，故今有向郭二莊，其義一也。

◎（阮宣子）（阮千里）有令聞，（太尉王夷甫）（司徒王濬沖）見而問曰：「老莊與聖教同異？」對曰：「將無同！」太尉善其言，辟之為掾。世謂「三語掾」。衞玠嘲之曰：「一言可辟，何假於三？」（宣子）〔千里〕曰：「苟是天下人望，亦可無言而辟，復何假一？」遂相與為友。

◎褚季野語孫安國云：「北人學問，淵綜廣博。」孫答曰：「南人學問，清通簡要。」支道林聞之曰：「聖賢固所忘言。自中人以還，北人看書，如顯處視月；南人學問，如牖中窺日。」

◎有北來道人好才理，與林公相遇於瓦官寺，講小品；于時竺法深、孫興公悉共聽。此道人語，屢設疑難；林公辯答清析，辭氣俱爽。此道人每輒摧屈。孫問深公：「上人當是逆風家，向來何以都不言？」深公笑而不答。林公曰：「白栴檀非不馥，焉能逆風？」深公得此義，夷然不屑。

◎孫安國往殷中軍許共論，往反精苦，客主無間。左右進食，冷而復煗者數四。彼我奮擲，麈尾悉脫落，滿餐飯中，賓主遂至暮忘食。殷乃語孫曰：「卿莫作強口馬，我當穿卿鼻！」孫曰：「卿不見決鼻牛，人當穿卿頰！」

◎支道林造〈即色論〉，論成，示王中郎；中郎都無言。支曰：「默而識之乎？」王曰：「既無文殊，誰能見賞？」

◎王逸少作會稽，初至，支道林在焉。孫興公謂王曰：「支道林拔新領異，胸懷所及，乃自佳，卿欣見不？」王本自有一往雋氣，殊自輕之。後孫與支共載往王許，王都領域，不與交言。須臾支退；後正值王當行，車已在門。支語王曰：「君未可去，貧道與君小語。」以論《莊子．逍遙遊》；支作數千言，才藻新奇，花爛映發。王遂披襟解帶，流連不能已。

◎殷中軍讀小品，下二百籤，皆是精微，世之幽滯。嘗欲與支道林辯之，竟不得。今小品猶存。

◎于法開始與支公爭名，後情漸歸支；意甚不分，遂遁跡剡下。遣弟子出都，語使過會稽。于時支公正講小品。開戒弟子：「道林講，比汝至，當在某品中。」因示語攻難數十番，云：「舊此中不可復通。」弟子如言詣支公。正值講，因謹述開意；往反多時，林公遂屈。厲聲曰：「君何足復受人寄載來！」

◎謝公因子弟集聚，問《毛詩》何句最佳？遏稱曰：「『昔我往矣，楊柳依依；今我來思，雨雪霏霏。』」公曰：「『訏謨定命，遠猷辰告。』」謂此句偏有雅人深致。

◎張憑舉孝廉出都，負其才氣，謂必參時彥；欲詣劉尹，鄉里及同舉者共笑之。張遂詣劉；劉洗濯料事，處之下座，唯通寒暑，神意不接。張欲自發，無端；頃之，長史諸賢來清言，客主有不通處，張乃遙於末坐判之；言約旨遠，足暢彼我之懷。一坐皆驚。真長延之上坐，清言彌日，因留宿至曉。張退，劉曰：「卿且去，正當取卿共詣撫軍。」張還船，同侶問何處宿？張笑而不答。須臾，真長遣傳教覓張孝廉船，同侶惋愕。即同載詣撫軍。至門，劉前進謂撫軍曰：「下官今日為公得一太常博士妙選！」既前，撫軍與之話言，咨嗟稱善曰：「張憑勃窣為理窟！」即用為太常博士。

◎司馬太傅問謝車騎：「惠子其書五車，何以無一言入玄？」謝曰：「故當是其妙處不傳。」

◎文帝嘗令東阿王七步作詩，不成者行大法。應聲便為詩曰：「煮豆持作羹，漉菽以為汁；萁在釜下燃，豆在釜中泣。本自同根生，相煎何太急！」帝深有慚色。

◎郭景純詩云：「林無靜樹，川無停流。」阮孚云：「泓崢蕭瑟，實不可言；每讀此文，輒覺神超形越。」

◎習鑿齒史才不常，宣武甚器之；未三十，便用為荊州治中。鑿齒謝牋亦云：「不遇明公，荊州老從事耳。」後至都，見簡文返命；宣武問：「見相王何如？」答云：「一生不曾見此人！」從此迕旨，出為衡陽郡，性理遂錯。於病中猶作《漢晉春秋》，品評卓逸。

◎王孝伯在京行散，至其弟王睹戶前，問古詩中何句為最？睹思未答。孝伯詠「『所遇無故物，焉得不速老！』此句為佳。」

方正第五

◎高貴鄉公薨，內外諠譁。司馬文王問侍中陳泰曰：「何以靜之？」泰云：「唯殺賈充以謝天下！」文王曰：「可復下此不？」對曰：「但見其上，未見其下！」

◎山公大兒短箸帢，車中倚。武帝欲見之，山公不敢辭，問兒；兒不肯行。時論乃云勝山公。

◎盧志於眾坐問陸士衡：「陸遜、陸抗是君何物？」答曰：「如卿於盧毓、盧珽。」士龍失色。既出戶，謂兄曰：「何至如此！彼容不相知也？」士衡正色曰：「我父祖名播海內，寧有不知？鬼子敢爾！」議者疑二陸優劣，謝公以此定之。

◎諸葛恢大女，適太尉庾亮兒，次女適徐州刺史羊忱兒。亮子被蘇峻害，改適江虨。恢兒娶鄧攸女。于時謝尚書求其小女婚，恢乃云：「羊、鄧是平婚，江家我顧伊，庾家伊顧我，不能復與謝裒兒婚。」及恢亡，遂婚。於是王右軍往謝家看新婦，猶有恢之遺法；威儀端詳，容服光整。王歎曰：「我在遣女裁得爾耳！」

◎周叔治作晉陵太守，周侯、仲智往別；叔治以將別，涕泗不止。仲智恚之曰：「斯人乃婦女！與人別，唯啼泣。」便舍去。周侯獨留與飲酒言話。臨別流涕，撫其背曰：「阿奴，好自愛！」

◎周伯仁為吏部尚書，在省內夜疾危急；時刁玄亮為尚書令，營救備親好之至。良久小損。明旦報仲智，仲智狼狽來。始入戶，刁下床對之大泣，說伯仁昨危急之狀。仲智手批之，刁為辟易於戶側。既前，都不問病，直云：「君在中朝，與和長輿齊名，那與佞人刁協有情！」逕便出。

◎王含作廬江郡，貪濁狼藉。王敦護其兄，故於眾坐稱：「家兄在郡定佳，廬江人士咸稱之。」時何充為敦主簿，在坐，正色曰：「充即廬江人，所聞異於此！」敦默然。旁人為之反側，充晏然神意自若。

◎（明帝）（元帝）在西堂，會諸公飲酒，未大醉；帝問：「今名臣共集，何如堯舜？」時周伯仁為僕射，因厲聲曰：「今雖同人主，復那得等於聖治！」帝大怒，還內，作手詔，滿一黃紙，遂付廷尉令收，因欲殺之。後數日，詔出周，群臣往省之。周曰：「近知當不死，罪不足至此。」

◎王大將軍當下，時咸謂無緣爾。伯仁曰：「今主非堯舜，何能無過？且人臣安得稱兵以向朝廷？處仲狼抗剛愎，王平子何在？」

◎梅頤嘗有惠於陶公，後為豫章太守，有事，王丞相遣收之。侃曰：「天子富於春秋，萬機自諸侯出；王公既得錄，陶公何為不可放？」乃遣人於江口奪之。頤見陶公拜，陶公止之。頤曰：「梅仲真膝，明日豈可復屈邪？」
◎ 江僕射年少，王丞相呼與共棊。王手常不如兩道許，而欲敵道戲，試以觀之。江不即下。王曰：「君何以不行？」江曰：「恐不得爾！」傍有客曰：「此年少，戲乃不惡。」王徐舉首曰：「此年少，非唯圍棊見勝！」

雅量第六

◎ 豫章太守顧劭，是雍之子；劭在郡卒，雍盛集僚屬自圍棊。外啟信至，而無兒書，雖神色不變，而心了其故；以爪掐掌，血流沾襟。賓客既散，方歎曰：「已無延陵之高，豈可有喪明之責！」於是豁情散哀，顏色自若。
◎ 稽中散臨刑東市，神氣不變；索琴彈之，奏〈廣陵散〉。曲終曰：「袁孝尼嘗請學此散，吾靳固未與，〈廣陵散〉於今絕矣！」太學生三千人上書請以為師，不許。文王亦尋悔焉。
◎ 裴遐在周馥所，馥設主人，遐與人圍棊，馥司馬行酒。正戲，不時為飲。司馬恚，因曳遐墜地。遐還坐，舉止如常，顏色不變，復戲如故。王夷甫問遐：「當時何得顏色不異？」答曰：「直時闇當故耳。」

◎王夷甫與裴景聲志好不同，景聲惡欲取之，卒不能回。乃故詣王，肆言極罵，要王答己，欲以分謗。王不為動色，徐曰：「白眼兒遂作。」

◎有往來者，云庾公有東下意。或謂王公：「可潛稍嚴，以備不虞。」王公曰：「我與元規雖俱王臣，本懷布衣之好；若其欲來，吾角巾徑還烏衣。何所稍嚴？」

◎謝太傅盤桓東山，時與孫興公諸人汎海戲。風起浪湧，孫、王諸人色並遽，便唱使還；太傅神情方王，吟嘯不言。舟人以公貌閒意說，猶去不止；既風轉急，浪猛，諸人皆諠動不坐。公徐云：「如此，將無歸！」眾人即承響而回。於是審其量，足以鎮安朝野。

◎桓公伏甲設饌，廣延朝士，因此欲誅謝安、王坦之。王甚遽，問謝曰：「當作何計？」謝神意不變，謂文度曰：「晉阼存亡，在此一行！」相與俱前。王之恐狀，轉見於色；謝之寬容，愈表於貌；望階趨席，方作「洛生詠」，諷「浩浩洪流」。桓選其曠遠，乃趣解兵。王謝舊齊名；於此始判優劣。

◎支道林還東，時賢並送於征虜亭。蔡子叔前至，坐近林公；謝萬石後來，坐小遠。蔡暫起，謝移就其處；蔡還，見謝在焉，因合褥舉謝擲地，自復坐。謝冠幘傾脫，乃徐起振衣就席，神意甚平，不覺瞋沮。坐定，謂蔡曰：「卿奇人，殆壞我面？」蔡答曰：「我本不為卿面作計！」其後二人俱不介意。

◎郗嘉賓欽崇釋道安德問，餉米千斛，修書累紙，意寄殷勤。道安答，直云：「損米，愈覺有待之為煩。」

◎　劉越石為胡騎所圍數重，城中窘迫無計。劉始夕，乘月登樓清嘯，胡賊聞之，皆悽然長歎；中夜奏胡笳，賊皆流涕歔欷，人有懷土之切；向晚，又吹，賊並棄圍而散走。或云是劉道真。

識鑒第七

◎　曹公少時見橋玄，玄謂曰：「天下方亂，群雄虎爭，撥而理之，非君乎？然君實是亂世之英雄，治世之姦賊！恨吾老矣，不見君富貴，當以子孫相累。」

◎　曹公問裴潛曰：「卿昔與劉備共在荊州，卿以備才如何？」潛曰：「使居中國，能亂人，不能為治，若乘邊守險，足為一方之主。」

◎　石勒不知書，使人讀《漢書》，聞酈食其勸立六國後，刻印將授之，大驚曰：「此法當失，云何得遂有天下？」至留侯諫，乃曰：「賴有此耳！」

賞譽第八

◎裴令公目夏侯太初：「肅肅如入廊廟中，不脩敬而人自敬。」一曰：「如入宗廟，琅琅，但見禮樂器。」「見鍾士季，如觀武庫，森森但睹矛戟在前。見傅蘭碩，汪翔靡所不有。見山巨源，如登山臨下，幽然深遠。」

◎劉萬安即道真從子，庾公所謂「灼然玉舉」。又云：「千人亦見，百人亦見。」

◎桓茂倫云：「褚季野皮裡陽秋。」謂其裁中也。

◎桓溫行經王敦墓邊過，望之云：「可兒！可兒！」

◎王仲祖稱殷淵源：「非以長勝人，處長亦勝人。」

◎許玄度言：「〈琴賦〉所謂『非至精者，不能與之析理，』劉尹其人；『非淵靜者，不能與之閑止，』簡文其人。」

◎劉尹道江道群：「不能言而能不言。」

品藻第九

◎ 龐士元至吳，吳人並友之；見陸績、顧劭、全琮而為之目曰：「陸子所謂駑馬有逸足之用，顧子所謂駑牛可以負重致遠。」或問：「如所目，陸為勝邪？」曰：「駑馬雖精速，能致一人耳！駑牛一日行百里，所致豈一人哉？」吳人無以難。「全子好聲名，似汝南樊子昭。」

◎ 世論溫太真，是過江第二流之高者；臨名輩共說人物，第一將盡之間。溫常失色。

◎ 何次道為宰相，人有譏其信任不得其人。阮思曠慨然曰：「次道自不至此；但布衣超居宰相之位，可恨！唯此一條而已。」

◎ 桓公少與殷侯齊名，常有競心；桓問殷：「卿何如我？」殷云：「我與我周旋久，寧作我。」

◎ 桓大司馬下都，問真長曰：「聞會稽王語奇進，爾邪？」劉曰：「極進，然故是第二流中人耳！」桓曰：「第一流復是誰？」劉曰：「正是我輩耳！」

◎ 庾道季云：「廉頗、藺相如雖千載上死人，懍懍恆有生氣；曹蜍、李志雖見在，厭厭如九泉下人。人皆如此，便可結繩而治，但恐狐狸貉貒噉盡。」

◎王黃門兄弟三人俱詣謝公，子猷、子重多說俗事，子敬寒溫而已。既出，坐客問謝公：「向三賢孰愈？」謝公曰：「小者最勝！」客曰：「何以知之？」謝公曰：「『吉人之辭寡，躁人之辭多。』推此知之。」

◎謝公問王子敬：「君書何如君家尊？」答曰：「固當不同。」公曰：「外人論殊不爾？」王曰：「外人那得知！」

規箴第十

◎晉武帝既不悟太子之愚，必有傳後意，諸名臣亦多獻直言。帝嘗在陵雲臺上坐，衞瓘在側，欲微申其懷，因如醉跪帝前，以手撫床曰：「此坐可惜！」帝雖悟，因笑曰：「公醉邪？」

◎王夷甫婦，郭泰寧女，才拙而性剛，聚斂無厭，干豫人事；夷甫患之，而不能禁。時其鄉人幽州刺史李陽，京都大俠，猶漢之樓護。郭氏憚之。夷甫驟諫之，乃曰：「非但我言卿不可，李陽亦謂不可！」郭氏為之小損。

◎王夷甫雅尚玄遠，常嫉其婦貪濁，口未嘗言「錢」。婦欲試之，令婢以錢繞床，不得行。夷甫晨起，見錢閡行，謂婢曰：「舉阿堵物卻！」

◎王平子年十四五，見王夷甫妻郭氏貪欲，令婢路上儋糞；平子諫之，並言諸不可。郭大怒，謂平子曰：「昔夫人臨終，以小郎囑新婦，不以新婦囑小郎！」急捉衣裾，將與杖；平子饒力，爭得脫，踰窗而走。

◎王大語東亭：「卿乃復倫伍不惡，那得與僧彌戲？」

◎殷顗病困，看人政見半面。殷荊州興晉陽之甲，往與顗別，涕零，屬以消息所患。顗答曰：「我病自當差，正憂汝患耳！」

◎遠公在廬山中，雖老，講論不輟。弟子中或有墮者，遠公曰：「桑榆之光，理無遠照；但願朝陽之暉，與時並明耳。」執經登坐，諷誦，詞色甚苦。高足之徒，皆肅然增敬也。

◎桓南郡好獵，每田狩，車騎甚盛，五六十里中，旌旗蔽隰，騁良馬，馳擊若飛，雙甄所指，不避陵壑。或行陳不整，麏兔騰逸，參佐無不被繫束。桓道恭，玄之族也；時為賊曹參軍，頗敢直言，常自帶絳綿繩箸腰中。玄問用此何為？答曰：「公獵，好縛人士；會被，手不能堪芒也。」玄自此小差。

捷悟第十一

◎魏武嘗過曹娥碑下，楊脩從，碑背上題作「黃絹、幼婦、外孫、齏臼」八字。魏武謂脩：「卿解不？」答曰：「解。」魏武曰：「卿未可言，待我思之。」行三十里，魏武乃曰：「吾已得。」令脩別記所知。脩曰：「『黃絹』，色絲也，於字為『絕』；『幼婦』，少女也，於字為『妙』；『外孫』，女子也，於字為『好』；『韲臼』，受辛也，於字為『辭』；所謂『絕妙好辭』也。」魏武亦記之，與脩同；乃歎曰：「我才不如卿，三十里覺！」

◎王敦引軍垂至大桁，明帝自出中堂，溫嶠為丹陽尹，帝令斷大桁；故未斷，帝大怒，瞋盛，左右莫不悚懼。召諸公來，嶠至不謝。但求酒及炙。王導須臾至，徒跣下地，謝曰：「天威在顏，遂使溫嶠不容得謝。」嶠於是下謝，帝乃釋然。諸公共歎王機悟名言。

夙慧第十二

◎何晏年七歲，明慧若神，魏武奇愛之；以晏在宮內，因欲以為子。晏乃畫地令方，自處其中。人問其故？答曰：「何氏之廬也。」魏武知之，即遣還外。

豪爽第十三

◎王大將軍年少時，舊有田舍名，語音亦楚；武帝喚時賢共言伎藝之事，人人皆多有所知，唯王都無所關；意色殊惡，自言知打鼓吹。帝即令取鼓與之，於坐振袖而起，揚槌奮擊，音節諧捷，神氣豪上，傍若無人。舉坐歎其雄爽。

◎王處仲世許高尚之目，嘗荒恣於色，體為之弊，左右諫之。處仲曰：「吾乃不覺爾！如此者，苔易耳。」乃開內後閤，驛諸婢妾數十人出路，任其所之。時人歎焉。

◎王司州在謝公坐，詠「入不言兮出不辭，乘迴風兮載雲旗！」語人云：「當爾時，覺一坐無人！」

容止第十四

◎魏武將見匈奴使，自以形陋，不足雄遠國；使崔季珪代，帝自捉刀立床頭。既畢，令間諜問曰：「魏王何如？」匈奴使答曰：「魏王雅望非常；然床頭捉刀人，此乃英雄也！」魏武聞之，追殺此使。

◎何平叔美姿儀，面至白，魏文帝疑其傅粉；正夏月，與熱湯餅，既噉，大汗出，以朱衣自拭，色轉皎然。

◎嵇康身長七尺八寸，風姿特秀。見者歎曰：「蕭蕭肅肅，爽朗清舉。」或云：「肅肅如松下風，高而徐引。」山公曰：「嵇叔夜之為人也，巖巖若孤松之獨立；其醉也，傀俄若玉山之將崩。」

◎裴令公目「王安豐眼爛爛如巖下電。」

◎潘岳妙有姿容，好神情；少時，挾彈出洛陽道，婦人遇者，莫不連手共縈之。左太冲絕醜，亦復效岳遊遨；於是群嫗齊共亂唾之，委頓而返。

◎王夷甫容貌整麗，妙於談玄；恆捉白玉柄麈尾，與手都無分別。

◎裴令公有雋容姿，一旦有疾至困，惠帝使王夷甫往看；裴方向壁臥，聞王使至，強回視之。王出，語人曰：「雙眸閃閃，若巖下電；精神挺動，體中故小惡。」

◎裴令公有雋容儀，脫冠冕，麤服，亂頭皆好；時人以為「玉人」。見者曰：「見裴叔則如玉山上行，光映照人！」

◎劉伶身長六尺，貌甚醜顇；而悠悠忽忽，土木形骸。

◎庾子嵩長不滿七尺，腰帶十圍，頹然自放。

◎衞玠從豫章下都，人久聞其名，觀者如堵牆。玠先有羸疾，體不堪勞，遂成病而死；

時人謂「看殺衞玠。」

◎　王長史嘗病，親疎不通；林公來，守門人遽啟之曰：「一異人在門，不敢不啟。」王笑曰：「此必林公！」

◎　王長史為中書郎，往敬和許；爾時積雪，長史從門外下車，步入尚書省。敬和遙望，歎曰：「此不復似世中人！」

自新第十五

◎　周處少年時，兇彊俠氣，為鄉里所患；又義興水中有蛟，山中有邅跡虎，並皆暴犯百姓；義興人謂為「三横」，而處尤劇。或說處殺虎斬蛟，實冀「三横」唯餘其一。而處既刺殺虎，又入水擊蛟，蛟或浮或沒，行數十里，處與之俱，經三日三夜，鄉里皆謂已死，更相慶；處竟殺蛟而出。聞里人相慶，始知為人情所患，有自改意。乃入吳尋二陸，平原不在，正見清河，具以情告；並云：「欲自修改，而年已蹉跎，終無所成！」清河曰：「古人貴朝聞夕死，況君前途尚可；且人患志之不立，亦何憂令名不彰邪？」處遂自改勵，終為忠臣孝子。

企羨第十六

◎王丞相過江，自說昔在洛水邊，數與裴成公、阮千里諸賢共談道。羊曼曰：「人久自以此許，卿何須復爾？」王曰：「亦不言我須此，但欲爾時不可得耳！」

傷逝第十七

◎王仲宣好驢鳴，既葬，文帝臨其喪，顧語同遊曰：「王好驢鳴，可各作一聲以送之？」赴客皆一作驢鳴。

◎王濬冲為尚書令，箸公服，乘軺車，經黃公酒壚下過，顧謂後車客：「吾昔與嵇叔夜、阮嗣宗共酣飲於此壚，竹林之遊，亦預其末；自嵇生夭、阮公亡以來，便為時所羈紲。今日視此雖近，邈若山河！」

◎王長史病篤，寢臥燈下，轉麈尾視之，歎曰：「如此人，曾不得四十！」及亡，劉尹臨殯，以犀柄麈尾箸柩中，因慟絕。

◎支道林喪法虔之後，精神霣喪，風味轉墜。常謂人曰：「昔匠石廢斤於郢人，牙生輟弦於鍾子；推己外求，良不虛也！冥契既逝，發言莫賞，中心蘊結，余其亡矣！」卻後一年，支遂殞。

◎戴公見林法師墓，曰：「德音未遠，而拱木已積；冀神理緜緜，不與氣運俱盡耳！」

◎王子猷、子敬俱病篤，病子敬先亡，子猷問左右：「何以都不聞消息？此已喪矣！」語時了不悲；便索輿來奔喪，都不哭。子敬素好琴，便徑入，坐靈床上，取子敬琴彈；弦既不調，擲地云：「子敬，子敬，人琴俱亡！」因慟絕良久，月餘亦卒。

棲逸第十八

◎阮步兵嘯，聞數百步。蘇門山中，忽有真人，樵伐者咸共傳說。阮籍往觀，見其人擁膝巖側。籍登嶺就之，箕踞相對。籍商略終古，上陳黃、農玄寂之道，下考三代盛德之美，以問之；仡然不應。復敘有為之外。棲神導氣之術，以觀之；彼猶如前，凝矚不轉。籍因對之長嘯。良久，乃笑曰：「可更作？」籍復嘯。意盡，退，還半嶺許，聞上啫然有聲，如數部鼓吹，林谷傳響。顧看，乃向人嘯也。

◎趙母嫁女，女臨去，敕之曰：「慎勿為好！」女曰：「不為好，可為惡邪？」母曰：「好尚不可為，其況惡乎？」

◎許允婦，是阮衛尉女，德如妹，奇醜；交禮竟，允無復入理，家人深以為憂。會允有客至，婦令婢視之，還答曰：「是桓郎。」桓郎者，桓範也。婦云：「無憂，桓必勸入。」桓果語許云：「阮家既嫁醜女與卿，故當有意，卿宜察之。」許便回入內，既見婦，即欲出。婦料其此出，無復入理，便捉裾停之。許因謂曰：「婦有四德，卿有其幾？」婦曰：「新婦所乏唯容爾。然士有百行，君有幾？」許云：「皆備。」婦曰：「夫百行以德為首，君好色不好德，何謂皆備？」允有慚色，遂相敬重。

◎山公與嵇、阮一面，契若金蘭。山妻韓氏，覺公與二人異於常交，問公。公曰：「我當年可以為友者，唯此二生耳！」妻曰：「負羈之妻，亦親觀狐、趙；意欲窺之，可乎？」他日，二人來，妻勸公止之宿，具酒肉，夜穿墉以視之。達旦忘反。公入，曰：「二人何如？」妻曰：「君才殊不如，正當以識度相友耳。」公曰：「伊輩亦常以我度為勝。」

賢媛第十九

◎陶公少有大志，家酷貧，與母湛氏同居。同郡范逵素知名，舉孝廉，投侃宿；于時冰雪積日，侃室如懸磬，而逵馬僕甚多。侃母湛氏語侃曰：「汝但出外留客，吾自為計。」

湛頭髮委地，下為二髲，賣得數斛米，斫諸屋柱，悉割半為薪；剉諸薦以為馬草，日夕遂設精食，從者皆無所乏。逵既歎其才辯，又深愧其厚意。明旦去，侃追送不已，且百里許。逵曰：「路已遠，君宜還。」侃猶不返。逵曰：「卿可去矣，至洛陽，當相為美談。」侃乃返。逵及洛，遂稱之然羊晫、顧榮諸人，大獲美譽。

◎ 桓車騎不好著新衣，浴後，婦故送新衣與；車騎大怒，催使持去。婦更持還，傳語云：「衣不經新，何由而故？」桓公大笑，著之。

術解第二十

◎ 荀勗善解音聲，時論謂之闇解。遂調律呂，正雅樂。每至正會，殿庭作樂，自調宮商，無不諧韻。阮咸妙賞，時謂神解。每公會作樂，而心謂之不調。既無一言直勗，意忌之，遂出阮為始平太守。後有一田父耕於野，得周時玉尺，便是天下正尺。荀試以校己所治鐘鼓、金石、絲竹，皆覺短一黍。於是伏阮神識。

◎ 晉明帝解占塚宅，聞郭璞為人葬，帝微服往看；因問主人：「何以葬龍角？此法當滅族！」主人曰：「郭云『此葬龍耳。不出三年，當致天子。』」帝問：「為是出天子邪？」答曰：「非出天子，能致天子問耳。」

巧藝第二十一

◎陵雲臺樓觀極精巧，先稱平眾材輕重當宜，然後造構，乃無錙銖相負。揭臺雖高峻，恆隨風搖動，而終無崩隕。魏明帝登臺，懼其勢危，別以大材扶持之，樓便頹壞。論者謂輕重力偏故也。

◎鍾會是荀濟北從舅，二人情好不協。荀有寶劍，可直百萬金，常在母鍾太夫人許。會善書，學荀手跡，作書與母取劍，仍竊去不還。荀勗知是鍾，而無由得也，思所以報之。後鍾兄弟以千萬起一宅，始成，甚精麗，未得移住；荀善畫，乃潛往畫鍾門堂，作太傅形象，衣冠狀貌如平生。二鍾入門，便大感動，宅遂空廢。

◎顧長康畫裴叔則，頰上益三毛。人問其故？顧曰：「裴楷儁朗有識具，正此是其識具。」看畫者尋之，定覺益三毛如有神明，殊勝未安時。

◎顧長康好寫起人形，欲圖殷荊州；殷曰：「我形惡，卿不煩耳。」顧曰：「明府正為眼爾。但明點童子，飛白拂其上，便如輕雲之蔽日。」

◎顧長康畫謝幼輿在巖石裡。人問其所以？顧曰：「謝云『一丘一壑，自謂過之。』此子宜置丘壑中。」

◎ 顧長康畫人，或數年不點目精。人問其故？顧曰：「四體妍蚩，本無關於妙處；傳神寫照，正在阿堵中。」

任誕第二十三

◎ 劉伶病酒渴甚，從婦求酒，婦捐酒毀器，涕泣諫曰：「君飲太過，非攝生之道，必宜斷之！」伶曰：「甚善。我不能自禁，唯當祝鬼神自誓斷之耳，便可具酒肉。」婦曰：「敬聞命。」供酒肉於神前，請伶祝誓。伶跪而祝曰：「天生劉伶，以酒為名；一飲一斛，五斗解酲。婦人之言，慎不可聽。」便引酒進肉，隗然已醉矣。

◎ 劉公榮與人飲酒，雜穢非類，人或譏之。答曰：「勝公榮者，不可不與飲；不如公榮者，亦不可不與飲；是公榮輩者，又不可不與飲。」故終日共飲而醉。

◎ 劉伶常縱酒放達，或脫衣裸形在屋中，人見譏之。伶曰：「我以天地為棟宇，屋室為幝衣，諸君何為入我幝中？」

◎ 阮步兵喪母，裴令公往弔之。阮方醉，散髮坐床，箕踞不哭。裴至，下席於地，哭弔唁畢，便去。或問裴：「凡弔，主人哭，客乃為禮，阮既不哭，君何為哭？」裴曰：「阮方外之人，故不崇禮制；我輩俗中人，故以儀軌自居。」時人歎為兩得其中。

◎阮仲容先幸姑家鮮卑婢，及居母喪，姑當遠移，初云當留婢；既發，定將去。仲容借客驢箸重服自追之，累騎而返，曰：「人種不可失！」即遙集之母也。

◎有人譏周僕射與親友言戲，穢雜無檢節。周曰：「吾若萬里長江，何能不千里一曲？」

◎王子猷出都，尚在渚下，舊聞桓子野吹笛，而不相識。遇桓於岸上過，王在船中，客有識之者云：「是桓子野。」王便令人與相問云：「聞君善吹笛，試為我一奏。」桓時已貴顯，素聞王名，即便迴下車，踞胡床，為作三調；弄畢，便上車去。客主不交一言。

◎王孝伯問王大：「阮籍何如司馬相如？」王大曰：「阮籍胸中壘塊，故須酒澆之。」

◎王佛大歎言：「三日不飲酒，覺形神不復相親。」

◎王孝伯言：「名士不必須奇才，但使常得無事，痛飲酒，孰讀〈離騷〉，便可稱名士。」

簡傲第二十四

◎鍾士季精有才理，先不識嵇康；鍾要于時賢儁之士，俱往尋康；康方大樹下鍛，向子期為佐鼓排。康揚槌不輟，傍若無人，移時不發一言。鍾起去，康曰：「何所聞而來？何所見而去？」鍾曰：「聞所聞而來，見所見而去。」

排調第二十五

◎郝隆為桓公南蠻參軍，三月三日會，作詩，不能者罰酒三斗。隆初以不能受罰，既飲，攬筆便作一句云：「娵隅躍清池。」桓問：「娵隅是何物？」答曰：「蠻名魚為娵隅。」桓公曰：「何為作蠻語？」隆曰：「千里投公，始得一蠻府參軍；那得不作蠻語也！」

◎桓南郡與殷荊州語次，因共作了語。顧愷之曰：「火燒平原無遺燎。」桓曰：「白布纏棺樹旒旐。」殷曰：「投魚深淵放飛鳥。」次復作危語。桓曰：「矛頭淅米劍頭炊。」殷曰：「百歲老翁攀枯枝。」顧曰：「井上轆轤臥嬰兒。」殷有一參軍在坐，云：「盲人騎瞎馬，夜半臨深池。」殷曰：「咄咄逼人！」仲堪眇目故也。

輕詆第二十六

◎孫綽作《列仙．商丘子贊》曰：「所牧何物？殆非真豬。儻遇風雲，為我龍攄。」時

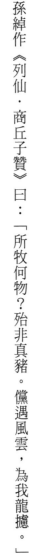

人多以為能。王藍田語人云：「近見孫家兒作文，道何物、真豬也。」

◎ 支道林入東，見王子猷兄弟，還，人問：「見諸王何如？」答曰：「見一群白頸烏，但聞喚啞啞聲。」

假譎第二十七

◎ 魏武少時，嘗與袁紹好為游俠，觀人新婚，因潛入主人園中，夜叫呼云：「有偷兒賊！」青廬中人皆出觀，魏武乃入，抽刃劫新婦。與紹還出，失道墜枳棘中，紹不能得動；復大叫云：「偷兒在此！」紹遑迫自擲出，遂以俱免。

◎ 王大將軍既為逆，頓軍姑孰。晉明帝以英武之才，猶相猜憚，乃箸戎服，騎巴賨馬，齎一金馬鞭，陰察形勢。未至十餘里，有一客姥，居店食，帝過愒之，謂姥曰：「王敦舉兵圖逆，猜害忠良，朝廷駭懼，社稷是憂，故劬勞晨夕，用相覘察。恐形跡危露，或致狼狽；追迫之日，姥其匿之。」便與客姥馬鞭而去。行敦營匝而出，軍士覺，曰：「此非常人也！」敦臥心動，曰：「此必黃鬚鮮卑奴來！」命騎追之，已覺多許里；追士因問向姥：「不見一黃鬚人騎馬度此邪？」姥曰：「去已久矣，不可復及。」於是騎人息意而反。

汰侈三十

◎石崇每要客燕集，常令美人行酒，客飲酒不盡者，使黃門交斬美人。王丞相與大將軍嘗共詣崇，丞相素不能飲，輒自勉彊，至於沉醉。每至大將軍，固不飲，以觀其變。已斬三人，顏色如故，尚不肯飲，丞相讓之。大將軍曰：「自殺伊家人，何預卿事！」

◎石崇廁，常有十餘婢侍列，皆麗服藻飾，置甲煎粉、沈香汁之屬，無不畢備；又與新衣箸令出，客多羞不能如廁。王大將軍往，脫故衣，箸新衣，神色傲然。群婢相謂曰：「此客必能作賊！」

——選自《世說新語校牋》

中國歷代經典寶庫⑭

世說新語——六朝異聞

編撰者—羅龍治
編輯—康逸藍
責任企劃—洪小偉、楊齡媛
校對—謝家柔
總編輯—余宜芳
董事長—趙政岷
出版者—時報文化出版企業股份有限公司
108019台北市和平西路三段二四〇號三樓
發行專線—（〇二）二三〇六—六八四二
讀者服務專線—〇八〇〇—二三一—七〇五
（〇二）二三〇四—七一〇三
讀者服務傳真—（〇二）二三〇四—六八五八
郵撥—一九三四四七二四時報文化出版公司
信箱—一〇八九九臺北華江橋郵局第九九信箱
時報悅讀網—http://www.readingtimes.com.tw
法律顧問—理律法律事務所 陳長文律師、李念祖律師
印刷—紘億印刷有限公司
五版一刷—二〇一二年五月十八日
五版三刷—二〇二一年四月二十三日
定價—新台幣二百五十元

時報文化出版公司成立於一九七五年，
並於一九九九年股票上櫃公開發行，於二〇〇八年脫離中時集團非屬旺中，
以「尊重智慧與創意的文化事業」為信念。

世說新語：六朝異聞 / 羅龍治編著. -- 五版. -- 臺北市：時報文化, 2012.05
面； 公分. --（中國歷代經典寶庫；14）

ISBN 978-957-13-5535-1（平裝）

857.1351 101003186

ISBN 978-957-13-5535-1
Printed in Taiwan